나를 어디에
두고 온 걸까

# 나를 어디에
## 두고 온 걸까

이애경 지음

시공사

봄이 피어오르던 4월의 맑은 날. 남산 순환도로를 타고 움직이다가 예전 고등학교 건물을 지나치게 되었다. 가파른 언덕을 오르며 수없이 깔깔대기도 하고, 나와 내 주변의 일, 심지어 나와 상관없는 모든 것까지 고민했던 그 시절. 친구들과 마지막 작별 이후 벌써 수천만 보의 걸음을 걸었는데도 내 마음의 걸음은 몇 발자국을 떼지 못한 채 아직도 그 시절에서 멀어진 것 같지 않았다.

그 시절의 내가 지금의 나를 만난다면, 분명 한참 나이 차이가 나는 어른으로 대접해줄 텐데 나는 아직도 내가 어른으로 느껴지지 않는다. 마음껏 화장을 하고 일을 하고 사랑을 하고 지갑을 열어 사고 싶은 것을 살 수 있는 나이가 한참 지났는데도, 어른으로 가는 어떤 길을 걷고 있다는 생각만 들 뿐이다. 마음은 아이로 남은 어른아이. 그렇다, 지금의 내가 딱 그렇다.

어른이 되면 모든 것을 알게 되고 내 뜻대로 살 수 있을 것 같았는데, 나는 여전히 알지 못하고 삶은 내 뜻대로 되지 않는다. 뭔가 인생에 차곡차곡 채워지는 것이 있을 거라고 생각했지만 그때나 지금이나 어딘가 텅 빈 것처럼 느껴지는 건 여전하다. 사람들의 기준으로는 내가 어른이 되는 지점을 지났다는데, 내 마음은 여전히 그 지점을 통과하지 못하고 미적대는 것처럼 보인다.

뭔가 아직도 답을 찾지 못하고 마냥 서툴기만 한 모습이 내 안에 계속 맴돌고 있다. 마치 신발 끈이 풀어져 잠시 멈춰선 여행자처럼. 그래도 괜찮다. 그 누구도 정답을 알고 살아가는 사람은 없으니까. 그리고 누구나 마음 어디에는 작은 아이 하나를 간직하고 살아가니까.


어쩌면 서른섬섬은 신발 끈을 묶고 있는 나이.
어른이라는 목적지를 앞에 두고
걷던 길을 걸어 통과해야 하는 나이.
하지만 어른이 되고 싶지 않은,
풀려버린 내 마음이 잠시 주저앉아
신발 끈을 묶고 있는 그런 나이일지도 모른다.


내일을 기대하면 오늘을 잃어버리는 것이라는 세네카의 말처럼, 나는 이제 내일을 기대하지 않는다. 그 시절의 나와 지금의 내가 다른 것은 아마도 이 차이일 것이다. 그때는 내일을 위해

참고 버텼지만 지금은 그러지 않는다. 내일도 좋은 날이 될 수 있지만, 오늘이 좋은 날이 되는 것이 더 중요하니까. 오늘 걷고 있는 나를 조금 더 살피고 오늘을 사랑하기로 한다.

오늘 버티는 건, 내일을 위해서가 아니라 오늘을 위해서다. 오늘을 잃어버리는 나에게 내일 같은 건 주어지지 않을 테니까. 내일을 만나기 위해서는, 오늘 반드시 내가 행복해야 하니까.

이제, 신발 끈을 묶고 자리에서 일어날 시간이다.

*part 1*

오늘은
어제보다
괜찮았어

아직은
어른아이

part 5

만약,
먼 미래에
지금을
돌아본다면

*part 1*

오늘은
어제보다
괜찮았어

# 어려워지는 일과
# 쉬워지는 일

겨울에 탔던 보드를 창고에 넣어 정리하며
'내년에는 못 탈 수도 있겠네'라고 생각하는데
엄마는 머리에 헤어롤을 잔뜩 만 채로
애견 숍에 맡겨놓은 강아지를 데리러 가신다고 한다.

어른이 되니
쉬웠던 일이 어려워지기도 하고
어려웠던 일이 쉬워지기도 한다.

지금 할 일은
지금 하기 쉬운 일을 그리고 지금 할 수 있는 일을
해버리는 것이다.

할 수 없는 때가 다가오기 전에.

# 테이크아웃
# 하겠습니다

그냥,
그런 날이 있다.

밖에서 속상한 일이 생기거나
누군가와 감정이 부딪히거나
친구와 만났다가 마음이 상할 때,
그 자리에서 눈물을 보이지 않고
그 자리에서 나를 드러내지 않고
감정을 테이크아웃하기로 한다.

집에 돌아가서 슬퍼하기로 한다.

집에 돌아와서 생각해보면
밖에서 접질린 감정이
조금은 괜찮아지는 때가 있다.

마치,
테이크아웃한 음식이
레스토랑에서 먹을 때보다
맛이 덜한 것처럼.

# 엉겁결에
# 이뤄지는 것들

강원도 정선의 한 마을.
민둥산 언덕 위에 펼쳐져 있는
황금빛 억새풀을 구경하려고
대충 운동화를 신고 걷기 시작했는데,
올라가다 보니 왕복 한 시간짜리 등산이 되어버렸다.

해발 천 백 십구 미터. 온갖 등산 장비를 다 갖추고
고생고생하며 대여섯 시간씩 올라갔던
북한산, 도봉산보다 훨씬 높은 산이었던 것이다.

그 즈음의 나는 산에 오르는 것을 시작했는데,
전에 올랐던 산보다 높은 산을
하나씩 오른다는 목표를 세우고 있던 차였다.

서울에서는 청계산을 시작으로

관악산, 수락산, 도봉산, 북한산 순으로
높은 산에 올랐다.

그렇게 서울에 있는 높은 산,
다섯 군데를 다 오르고 나서
지방에 있는 산들을 가겠다고 했지만 시간이 나지 않아
엄두를 내지 못하고 반년이나 흐른 뒤였다.

그런데 갑자기, 이렇게 우연히.
계획도 없이 산에 오르게 된 것이었다.
원래는 억새풀을 보려는 것이었는데.

내가 그곳에 가려는 다른 목적이
숨겨져 있었던 것처럼
오래 전에 세웠던 계획을
덤으로 이루게 되었다.
기분이 묘했다.

인생의 조커를 한 장 얻은 기분이라고나 할까.
앞으로의 인생에도
이런 일이 많이 일어나면 얼마나 좋을까.
괜스레 신이 나기 시작했다.

잠시 잊고 있었던 오래전 계획이,
애쓰고 노력해도 되지 않아서 미루거나
포기 직전까지 갔던 일들이
언젠가는 이렇게, 엉겁결에
이뤄질 수도 있다는 생각이 드니
마음이 가벼웠다.

잊지 않을 수만 있다면,
포기하지만 않는다면
언젠가는 이루어질 가능성이 있다는 것이니까.

나만 기다려줄 수 있다면 말이다.

# 그녀의 눈물

목이 잠겨, 쉰 목소리로 그녀가 전화를 걸어왔다. 이혼한 남자를 소개하겠다는 직장 동료의 말을 듣고 한참 울고 난 뒤라고 했다.

좋아하는 사람이 이혼한 사람인 것과 이혼한 사람을 소개 받는 것은 엄연히 다르다. 그런데도 사람들은 자기 일이 아니라고 그것을 동일하게 생각한다.
섭섭함과 서운함은 그런 데서 오는 것이다. 내 마음을 몰라준다고 생각이 드는 바로 그 마음의 빈 공간에서.

빌딩 숲을 누비는 매서운 바람처럼 자꾸만 감정을 휘젓고 다니며 마음을 갉아먹는 것이다.

## 나는
## 어디에
## 있는가

내가 머무는 곳에
사람이 없다면
그곳이 어디든
의미 없다.

나와 네가 있고
나와 타인이 있고
너와 타인이 있는 곳.

그곳에서 만들어지는 관계들
그 관계들이 만들어내는 이야기들.

그것들이 없다면
그곳은
전혀 아름답지 않다.

인생은
전혀 아름답지 않다.

# 행복은

행복은 이것이다, 라는 것을
알고 사는 사람이 얼마나 될까.
그저 행복이란 어쩌면 이런 것이다, 라고
추측하거나, 견주거나, 미뤄 짐작하면서
살아가는 것일지도 모른다.

행복은 어떻게 해야 얻을 수 있는지도 모른다.
사전에서조차도 '충분한 기쁨과 만족을 느끼어
흐뭇하거나 그런 상태'라고 정의했을 뿐
무엇을, 어떻게 해야 행복하다고 설명해놓지는 못했다.

행복은 어떤 상황에서 느끼는 만족에서
비롯되는 것도 아니다.
상황의 만족이 있어야 행복하다고 했을 때
설명되지 않는 두 가지가 있기 때문이다.

좋은 일이 많이 일어나는데도
행복을 느끼지 못하는 사람들이 있고
상황이 좋지 않은데도
행복을 잃지 않는 사람들도 존재하기 때문이다.
그렇다면 행복은 어떤 사건이나 상황이 주는
만족감이 아닐 수도 있다는 이야기다.

어쩌면 행복은 그냥 공기처럼
우리 옆에 존재하고 있는 것일지 모른다.
행복은 갓 구운 빵을 뜯었을 때의 고소한 기쁨,
프리지아 한 다발을 받았을 때의 달콤한 설렘,
기다리던 눈이 왔을 때의 반짝이는 환희의 순간,
지하철 막차를 놓치지 않고 올라탔을 때의 안도감에
내가 반응하는 것이다.

반응하거나 인식하지 못하면 금세 놓치는 것이 행복 같다.
그러니 '이런 게 행복이 아닐까?'라는 순간에
그냥 그 순간을 즐기는 것이 최선이 아닐까.

그것이 바로 공기처럼 흩어져 있는
행복일 테니 말이다.

어쩌면 행복은 그냥 공기처럼

우리 옆에 존재하고 있는 것일지 모른다.

그러니 '이런 게 행복이 아닐까?' 라는 순간에
그냥 그 순간을 즐기는 것이 최선이 아닐까.

말하자면   외로운 건 아니다.

그런데

외롭지 않은 건 또 아니다.

# 봄이 오는
# 길목에서

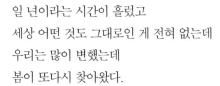

일 년이라는 시간이 흘렀고
세상 어떤 것도 그대로인 게 전혀 없는데
우리는 많이 변했는데
봄이 또다시 찾아왔다.

어떻게 길을 알고
어떻게 기억하고
또 이렇게 찾아왔을까.

겨울의 끝자락에 오기 위해
오랫동안 채비해야 했을 텐데.

얼어붙은 길을 오느라고
누구보다도 더 애써야 했을 텐데.

냉정한 겨울 바람에 치이는 동안
돌아가고 싶은 적은 없었는지
그만두고 싶은 적은 없었는지.

참 감사하게도
흔들림 없이
봄이 또 와주었다.

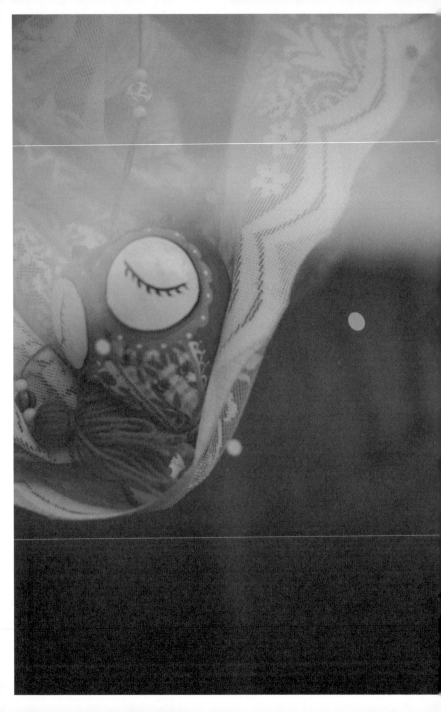

# 그냥 가만히
# 있어줄게

이겨낼 수 있다고 하지 않을게.
너라면 할 수 있다고 격려하지도
어설픈 위로로 용기를 돋우지도 않을게.

그냥 내가 해줄 수 있는 건
어떻게든 버텨보길 바라는 마음으로
네 옆에 가만히 있어주는 것.

너의 절망의 깊이를
나는 결코 알 수 없을 테니까.

지금은
광합성이
필요한 시간

산소를 먹고 이산화탄소를 뱉어내듯,
밥을 먹고 영양분이 흡수되면
남은 것들을 뱉어내듯
한 해씩 나이를 먹고 난 뒤에는
필요 없는 것들을 뱉어내야 한다.

좋은 것은 남기고
나쁜 것을 뱉자.
질투, 미움, 짜증, 분노……
그런 것들.

# 변해간다는 것

"김치랑 고추장 좀 갖고 올 걸 그랬나? 아, 김이랑 햇반이랑 볶음 참치캔 갖고 올 걸."
"난 네가 다 챙겨왔을 줄 알았지."

스웨덴 스톡홀름의 다운타운에 있는 한 카페에서 곤돌라 모양의 피자와 성의 없게 구워 나온 식빵 두 쪽과 오믈렛을 입에 가져가면서 탄식처럼 뱉은 말이었다. 한화로 오만 원이나 내고 받은 영혼 없는 점심 식사에 대한 격한 논의가 시작된 것이었다.
여행을 다니기 시작한 지 스무 해가 넘은 나. 함께 온 언니도 워낙 잦은 해외 출장으로 어디를 가나 잘 적응하고 사는 인물이다. 그런 우리 입에서 고추장에 김치라는 말이 나오다니!

내 여행 준비물 목록에 고추장은 단 한 번도 존재한 적 없

는 물건이었다. 그것은 언니도 마찬가지였다. 스톡홀름 다
운타운 한복판에서 두 여자는 이제껏 논의할 가치도 없던
한국의 밑반찬을 향한 뜨거운 사랑을 쏟아내기 시작했다.
그것은 마치 초등학교 때 첫사랑의 기억을 소환해 꽃미남
외모에 엄친아였던 그의 품격을 극찬하며, 급기야 그와 지
금 연애를 시작할 것처럼 들떠 있는, 어른이 된 소녀들의
모습이었다.

참 이상한 일이었다. 여행을 하다 만난 한국 어르신들이 고
추장과 밑반찬을 먼 타국까지 가져오신 것을 보고 이해하
기 어려웠던 때가 있었는데. 아니, 바로 전 여행을 갔다 올
때만 해도 이런 생각은 전혀 하지 않았는데. 해외에 나가
그 나라 음식을 먹어보고 그 음식 문화에 다가가는 것이 얼
마나 뿌듯한 일인가. 한국 식당을 고집하고 한국 밑반찬을
식당 테이블에 꺼내놓고 먹는 어르신들을 이해하는 것이
나에게는 어려운 일이었는데 말이다. 나도 어쩔 수 없이 그
렇게 되어가는 것인지 복잡미묘해졌다.

한국 밑반찬에 대해 한참 논하던 우리는 이어서 똠양꿍, 짬
뽕, 베트남 쌀국수로 레퍼토리를 옮겼다. 따뜻한 국물이 그
립다느니, 매콤하게 위를 자극시켜주는 그 무엇이 필요하
다느니 하면서 아시안 푸드에 대한 열망의 꽃을 피웠다.

결국 호텔로 돌이기, 공항에서 파이널 콜을 부르며 우리를 찾던 와중에도 기어코 사고야 말았던 컵라면 국물로 마음을 달래야 했다.

왠지 닮고 싶지 않았던 어른이 된 것 같아 서운하기도 하면서 한편으로 변해가는 모습이 낯설고 신기하기도 했다. 그리고 세계, 아니 우주 어느 곳에 갖다 놓아도 나는 한국 사람이라는 것을 더 깊게 알게 된 것 같아, 가슴이 좀 뜨거워지기도 했던 날이었다.

# 마음 한구석

이렇게 모가 난
마음 한구석.

동그란 세상에는
구석이 없을 텐데.

동그란 집을 짓고
동그란 사람들과
살아가고 싶다.

# 나는 당신에게
# 어떤 사람이었을까

소개팅에 나간 자리에서
마음이 불편해지기 시작하는 순간이 있다.

그것은
생각보다 상대방이 마음에 들지 않거나
상대방이 무례한 행동을 해서라기보다는

앞에 앉아 있는 상대방을
나에게 소개시켜준 친구가
나를 어떻게 생각하고 있는지를
정확하게 알게 되는 순간이 오기 때문이다.

그 순간은
전쟁을 겪으며 싹튼 우정처럼
친구와 나의 간격이 불현듯 좁아지는

기쁨의 순간이 될 수 있고
친구가 내 험담을 하고 다녔던 것을 알아버린 것처럼
배신의 골이 깊어지는 순간이 될 수도 있다.

날을 세우고 돌아와
따지지도 못하고
불쾌하게 끝나버린 소개팅 자리는
그 사람에게뿐 아니라
소개를 해준 사람으로부터
버림받은 기분이 들어
마음이 불편해진다.

이해받지 못한 기분이 들어
더 큰 상처로 남는다.

# 나에게 조금 더
# 너그러워질 것

한 분야에서 오랫동안 일을 하고
경력이 쌓이다 보면,
다른 사람의 실수를 용납하는 것이 어렵다.

그것은 자신에게도 마찬가지로 적용된다.
실수를 한 자신을 자꾸 채근하고 닦달하게 된다.
이런 것쯤은 몇 번이나 해봤으니
지금쯤이면 눈감고도 할 수 있어야 하는 것이
아닌가 하고 말이다.

완벽함에 미치지 못한
상대방 또는 나에게 잣대를 들이대고,
그게 날카로워 자꾸 마음이 베인다.

나의 잣대는 파도가 고르지 않게 일렁이듯
어떤 경우에는 혹독하고, 어떤 경우에는 너그럽다.
아이도, 어른도 아닌 사춘기에 핀 여드름처럼
내 감정의 열꽃은 피어날 듯
단단해져 있다가 사라지기도 하고,
불쑥 빨갛게 올라 폭발하기도 한다.
아직 제자리를 찾지 못한 나라는 사람이
두 길 사이에서 주저주저하고 있는 듯한 느낌이다.

다행인 것은 언젠가부터 날카롭고 혹독한 것보다
너그럽게 용서하는 것을 좋아하기 시작했다는 것이다.

살다 보면 누구나 실수의 순간이 있다.
그게 일이든, 관계이든, 인생이든, 상관없이.

나도 그 언젠가 용서받았고,
또 용서받을 일이 있게 될 테니
나도 조금은 세상을
너그럽게 대하는 것이 맞다.

올해의 할 일.
남한테 조금 너그러워지기.
나에게 조금 더 너그러워지기.

나도 그 언젠가 용서받았고,
또 용서받을 일이 있게 될 테니
나도 조금은 세상을
너그럽게 대하는 것이 맞다.

# 슬픔을 말리는 법

슬플 때는 따뜻한 곳으로 가자.
하와이나 아르헨티나나,
따뜻한 아랫목이 있는 옛날 집이나,
햇살이 가득 담긴 휴양림도 좋을 것이다.

따뜻하고 건조한 그곳이
내 눈물을 조금은 가져갈 테니까.

내일도 슬플 거라 생각하지 말자.
슬픔에 대해서는
그다음 날 일어나서 생각해보는 걸로 하자.
밤새 슬픔이 조금은 말라버릴 테니까.

아마 조금은 덜 슬플 것이라고 기대하면서.

# 뭉툭하게 살기

아이펜슬을 날카롭게 깎기보다는
조금 뭉툭하게 깎아서 쓰는 게 좋다.
뾰족한 펜슬은 선이 정갈하게 그려질지 몰라도
너무 정갈해서 인간미가 없다.

옛날에는 바늘처럼 얇게 나오는 펜이 좋았는데
지금은 굵은 펜에만 손이 간다.
얇은 펜은 떨림이 고스란히 드러나지만
굵은 펜은 떨림을 두루뭉술하게 감싸 안아준다.

오늘 하루,
어제보다 일 밀리미터만
더 뭉툭하게 살아야겠다.

# 친구가 된다는 것

SNS를 자주 하지는 않지만,
로그인을 해 들어가서 보면
친구 요청이 와 있는 경우가 많다.
내가 아는 사람 그리고 내가 알지 못하는 사람이
나에게 친구가 되고 싶다고
요청 메시지를 보내온 것이다.

사실 메시지를 봐도 바로 수락하지 않는다.
두세 달이 지나 친구 요청에 답을 하기도 하는데
이 경우에도 빠지는 사람들이 있다.
그들과 친구가 되고 싶지 않아서라기보다
내 생각의 짐을 상대방에게 지우고 싶지 않고,
그들의 생각 혹은 일상이
나에게 짐이 되지 않았으면 하는 바람에서다.

SNS의 특성상
누군가의 일상이나 생각들이
늘어져 있는 게 많아
자칫 생각이 어수선해지기도 쉽고,
고요하던 내 일상에 크고 작은 파장이
이는 경우도 있다.

나에게 다가온 정보의 주인공이
나와 실제로 친한 사람이라면
그가 건네는 이야기가 당연히 알고 싶고 공유받고 싶지만,
잘 모르는 사람일 경우 어떤 식으로든
나에게는 부담으로 다가온다.

그래서 친구가 된다는 건
클릭 한 번으로 쉽게 결정되고 끊어버리고
할 수 있는 것은 아니다.
상대방을 받아들일 마음의 준비가 되었을 때,
나는 '수락'이라는 버튼을 누르고 싶다.

오늘, 일 년 만에 친구 요청 메시지를 확인해보고
몇 명과 '친구'가 되었다.
일 년 사이, 상대방과 나의 물리적 거리감은
멀어졌을지 몰라도

내 마음은 조금 더 유연해졌거나
강해진 것이 분명하다.

그 사람의 이야기를 들어줄
마음의 여유가 생겼든지,
그들의 솎아내지 않은 감정이
나에게 들어와 요동을 쳐도
이제는 흔들림이 덜할 것이라는
자신감이 생겼든지,
아니면 내 생각을 알려줘도 괜찮겠다 싶든지
셋 중의 하나일 것이다.

# 인생 수업료

"그거 돈 내고 배우는 거야?"
얼마 전 중국어를 배우기 시작한 엄마에게
아빠가 물으신다.

"당연히 돈을 내야지."
엄마는 당연한 걸 왜 묻냐는 투로 대답하신다.

나는 엄마가
조금 비싸더라도 잘 가르치는 학원에 가서
배웠으면 좋겠다고 말했다.

모든 배움에는 수업료가 반드시 있고
모든 배움에는 시간이 반드시 요구된다.

어렵고 흔하지 않은 배움일수록
수업료는 더욱 높아지고
전문성이 요구되는 일일수록
배움의 시간은 더욱 길어진다.

인생에도 수업료가 있다.
귀한 것을 얻기 위해서는
반드시 대가를 치러야 하고
기약이 없는 인내를 해야 할 때도 있다.

하지만
대가를 크게 치를수록
오래 기다리고 배울수록
인생은 깊고, 넓어진다.

대가를 크게 치를수록

오래 기다리고 배울수록

인생은 깊고, 넓어진다.

# 강아지에게서
# 기다림을 배우다

"기다려."
간식을 손에 쥐고 강아지에게 말하면
강아지는 가만히 앉아서 기다린다.

내가 잠깐 밖에 나가면
현관에 나와 앉아 기다리고,
내가 일하러 밖으로 나가면
기다리라고 말하지 않아도
강아지는 나를 온종일 기다려준다.

강아지와 사람은 친구라는데
친구는 서로 닮는다는데.
누군가 나에게 기다려달라고 말할 때도
혹은 누군가를 무작정 기다려야 하는 때도
나는 기다림이 왜 이리 힘이 드는지.

어쩌면 강아지는
수많은 시간 동안 기다림을 연습했고
기다림이 그의 삶인 것을 알아서
그것이 쉬울지도 모른다.

나는 수많은 시간이
복잡한 일들로 이미 쪼개져 있어
기다림이 많이 연습되지 않았거나
혹은 기다림이 내 삶의 일부라는 것을
인식하지 않거나
혹은 인정하기 싫기에
이렇게 어렵고 힘든 것이다.

강아지를 꼭 끌어안고 토닥인다.
온종일 나를 기다렸으면서도
투덜대기는커녕 내 얼굴을 핥으며
나를 향한 사랑이 건재함을 표시한다.

강아지가 세상에 존재하는 건
그에게서 배울 것이 많기 때문일지도 모른다.

# 모두의 경험이
# 내 경험이 될 수는 없다

집을 구하려고
수십 군데를 돌아다녔다.

위치가 마음에 들면
내부 상태가 별로 좋지 않고
위치와 가격도 다 괜찮은데
왠지 분위기가 마음에 들지 않아
몇 주 동안 고심하던 차에
한 부동산 아저씨가 조언해주셨다.

"너무 많이 보면 머리만 아파요.
칠십 점만 되면 계약하세요.
살아보면 다 맞춰지거든요.
결혼하는 거랑 똑같아요.

내가 왜 그것 가지고 고민했나. 그래요 나중에는.
일 년 살고 옮기면 그만인데 뭘 그렇게 고민해요."

그렇게 칠십 점짜리로 결정하려던 날,
우연히 마음에 드는 집을 만났다.
모든 것이 마음에 드는 백 점짜리 집.
그렇게 나의 공간은 결정되었다.

아저씨가 틀린 건 아니지만
그의 평균적인 경험이 내 경험이 될 수는 없었나 보다.

집은 일 년 살고 바꾸면 그만이라도
결혼은 바꿀 수 없는데.

집을 얻는 것과 결혼이 똑같다는
아저씨의 말이 계속 맴돌았다.

# 마음이 늘어지던
# 어느 날 오후

어느 날 빨래 중인 세탁기 안을
유심히 들여다본 적이 있다.

물을 쏟아내고 최선을 다해
이쪽저쪽으로 치대다가
땀을 뻘뻘 흘리며
거품을 만들어낸다.

그리고 물을 짜내
다시 새 물을 붓고는
온 힘을 다해 이쪽저쪽으로 돌리며
거품을 없애는 데 최선을 다한다.

몇 번의 지루한 동작도 군말 없이 반복하고
온 힘을 다해 전속력으로 돌아

물기를 짜낸 다음
만족한다 싶을 때
돌리기를 멈춘 뒤
의연한 소리로 '삑삑',
모든 일이 끝났음을 알린다.


세탁기보다는
좀 더 열심히 살아야겠다.

# 내가 발을 딛는 곳에서
# 발걸음은 시작된다

실내 암장에서 록 클라이밍을 배우기 시작했다.
아직 초급 수준인 나에게
클라이밍 강사가 야외에 나가 직접 암벽을 타보면
실력이 훨씬 많이 늘 것이라고 했다.
솔깃해진 나는 처음으로 볼더링이라는 것에 도전했다.

아주 크고 넓은 바위,
절벽처럼 깎아지른 바위를
벽을 쳐다보듯 마주 대하고 있는데
함께 간 암벽 전문가들이
이곳을 오르는 거라고 설명해준다.
그들에게는 그저 하나의 바위일지 몰라도
나에게는 난공불락의 요새와도 같다.
그저 망연자실한 표정으로 서 있을 수밖에.

내가 오를 차례가 되어 바위 앞에 선다.
발을 디딜 곳이 전혀 없어 보이는데,
강사가 한 이 밀리미터 정도 보이지도 않게
살짝 튀어나온 곳을 짚는다.
하얀 초크 가루가 찍힌 곳을 가리키며
"발." 그런다.
그곳에 발을 갖다 대고
어떻게든 딛고 올라서야 한다.
도망갈 방법이 없다.
나는 일단 초크가 찍힌 곳에 발을 갖다 댔는데
신기하게도 정말 발이 디뎌진다.

손바닥에 힘을 주고
팔 힘으로 몸을 일으키니 몸이 올라간다.
미끄러질 것 같았는데
한 발을 그렇게 딛고,
다른 한 발로 벽을 밀어내면서 바위에 오른다.

아래에서 올려다봤을 때는
발을 디딜 곳이 전혀 없었는데,
고작 종이 열 장 정도 되는 두께로
작게 튀어나온 바위를 딛고도 오를 수 있다니.

딛을 수 있다고 생각하면
정말 디뎌지는구나.

어쩌면 그 두께는 마음이 변화될 수 있는
두께인지도 모른다.
홈이 많이 파져야 오를 수 있다고 생각하는 사람의 마음은
그만큼 두꺼워 변하기 어렵고,
종이 한 장 두께라도 그걸 딛고 오를 수 있다는 마음을 가진
사람은 남보다 조금 더 쉽게,
목적하는 곳에 오를 수 있나 보다.

발을 디딜 곳이 있어서
딛고 올라서는 게 아니다.
내가 발을 딛는 곳에서,
그곳에서 올라서면 된다.

정상을 향한 내 발걸음은 시작되었다.

## part 2

가끔 나를
잃어버리곤 해

# 봄이
# 왔었다

돌아보니, 봄이 왔었구나.
아주 예쁜, 그런 봄이.

돌아보니, 네가 왔었구나.
아주 예쁜, 그런 네가.

그런데,
내가 알아보지 못했구나.

사랑한다고
말하고 싶은데


진심은
물을 가득 담은 물풍선 같다.
더 많이 담을수록
자꾸만 물속으로 가라앉아버린다.

가라앉은 진심은 결국 터져
그 마음조차 헤아릴 수 없게 되고
마음을 담았던 겉켜의 파편들만 떠올라
부유하듯 유영하다 사라져버린다.

# 고백

관심 있는 여자에게
고백했다는 친구가 있었다.

어떻게 고백을 했느냐고 물었더니,
여자가 "누구 소개해줄까?"
이렇게 묻는 질문에
"아니."라고 대답했다고 한다.

그게, 어떤 사람한테는
고백이 될 수가 있구나.

나를
사랑해주세요

이별이 없는 유일한 사랑은
내가 나를 사랑하는 것.

나르시시즘은 어쩌면
가장 소심하고
용기 없는 사람들의
자축 파티 같은 것일지도.

# 아기에게서
# 용기를 배우다

아기는 겁이 없다.
무조건 만지려 들고
무조건 입으로 가져가고
무턱대고 걸어간다.

어른은
잘 모르는 것에는
접근하지 않는데.

나도 무턱대고 만져보고
걸어가봤으면 좋겠다.

너라는
미지의 세계에.

# 마음의
# 문신

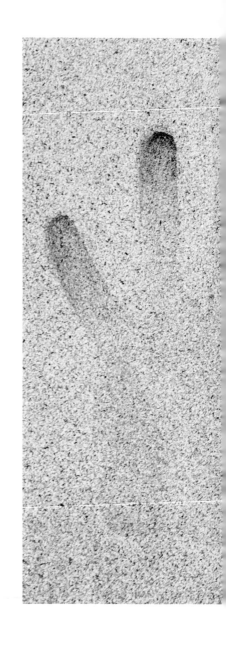

네가 다녀간 자리,
한 번 두 번 세 번.

기억할 때마다
팔에 새긴 문신처럼
더 또렷해지고 명확해지는
너의 자리.

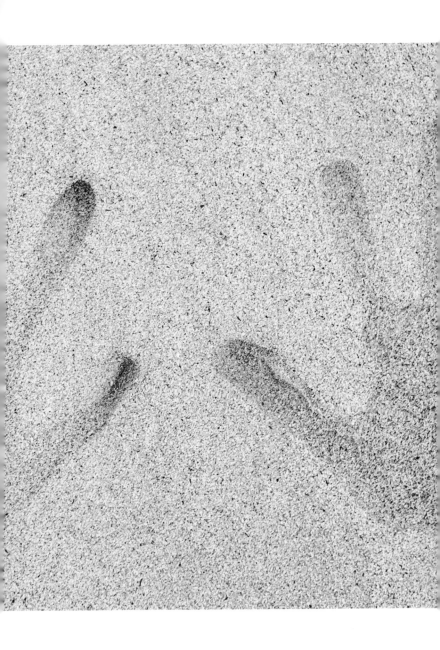

# 이름을 알고
# 싶지 않은 이유

이름을 모른다는 것은 그 사람을 명확한 단서로 기억하지 않아도 된다는 것이고, 새기지 않아도 된다는 것이다. 그러니 내가 당신의 이름을 묻지 않더라도 서운해하지 말기를. 당신을 명확하게 기억하게 될 것만 같아 부러 애쓰는 중이니.

# Help me

너에게 빠져버린 나를
누가 꺼내줄 수 있는 걸까.

다른 건 몰라도
네가 아닌 것만은
분명한데.

다른 사람들이
나를 구해주기 위해
손을 내밀고 있는데도

나는
네가 내민 손만을 기다리며
침몰해가고 있다.

Please

부디 나를
흔들지 말아줘.

가까스로
버티고 있는걸.

연애 매뉴얼

며칠째 그가 전화를 받지 않는다.

아무렴 어때.

되새기듯 외워본다.

# 사랑받고 있던
# 그 시절의 아이

초등학교 때 나를 좋아하던 아이가
고등학생이 되어 나에게 보낸 편지.
서른이 된 어느 날,
옛날 편지함을 정리하다가 발견했다.

나를 향한 찬가를 쓴 러브레터 속에서
"아직도 좋아해."라는 마지막 말을 읽자마자
너무 크게 웃음이 터지고 말았다.

상당히 심각했던 그때 그 아이의 마음.

이십 년이 지난 지금,
그 고백은
웃음을 크게 터트려주는
활력소가 되어 다시 등장했다.

내 마음을 짓누르고 있는 이 고민도
십 년 후 다시 생각하면
훗, 웃고 말 고민일 수도 있겠지.

그러니
너무 고민하지 않기로 한다.

# 우리가 결혼하지
# 못하는 이유, 하나

어른이 된 그녀들의 대화는
서른 살 청춘의 그것과는 많이 다르다.
어느 날 그녀와 소개팅에 관한 토론으로
인생 2막에 대해 이야기꽃을 피우던 중이었다.

"괜찮은 남자들은 벌써 누가 채갔지.
잘 따져보면 지금까지 싱글로 남아 있는 남자보다
이혼남 중에 괜찮은 사람이 더 많은 것 같아."

이젠 돌싱에게도 마음을 열어보라고 슬쩍 던져봤다.
이에 맞장구치는 친구의 촌철살인적인 한마디.

"맞아, 차라리 돌싱이 나아.
근데 괜찮은 남자들은 이혼을 안 했더라고."
이것이 우리가 결혼을 못하고 있는 이유일지도.

우리가 결혼하지
못하는 이유, 둘


요즘 그녀와 내가
관심을 두고 있는 프로그램은
까칠한 연예인이 시골에서
툴툴대며 음식을 만들어내거나,
훤칠한 연예인이 외딴 섬에 가서
셰프로 변신하는 그런 방송.

어른이 되어버린 나는
이젠 잘생긴 남자보다
밥 잘하는 남자가 더 좋다.

밥 잘하는 남자에 대한
나의 찬가를 듣던 그녀가 말한다.

"잘생기고 밥도 잘하면 되지."

어른이 되었지만
아직 철이 없는 우리.

이것이 우리가 아직 싱글인 이유일지도.

어른이 되어버린 나는
이젠 잘생긴 남자보다
밥 잘하는 남자가 더 좋다.

# 당신은
# 어느 쪽인가

시간은 너무 빨리 흐르는 것 같고
세월은 순식간에 지나가버리는 것 같고
일 년을 눈 깜짝할 새 뛰어넘은 것 같은 때.

나는 사랑 중이기에.

자고 일어나도 아직 깊은 밤이고
아무리 애써도 시간이 멈춘 듯 여전히 그 자리고
생각조차 할 수 없을 정도로 멍해져버린 때.

나는 이별 중이기에.

# 나는 언제부터
# 너의 과거였을까

한 사람의 과거가 되는 것.

그건 사랑을 멈춘 순간부터일까.
아니면 사랑이 느슨해졌을 때부터일까.
아니면 헤어지자고 말한 순간부터일까.
아니면 이별에 서로 동의한 때부터일까.
아니면 서로를 향한 심장박동수가
느려졌을 때부터일까.

삶이 시작되는 순간부터가
죽음으로 가까이 가는 것이라는 말처럼
어쩌면 사랑을 시작하는 시점이
사랑의 과거가 되는 시점인 걸까.

이별하기 위해 만난
우리의 순간은
과거였을까, 아니었을까.
우리가 만나
이별을 통보하는 그 순간
우린 무엇이었을까.

네 마음속에서
이미 과거가 되어버린 내가 너를 만났던 것이었을까.
과거와 현재의 어느 중간지점에 서 있다가
그 지점에서 내가 너의 마음을 돌렸다면
우린 아직 서로 현재로 남아 있을까.

너를 아직도 이렇게 잊지 못하고 헤매는 밤.
뒤척이며 과거를 맴돌고 있는 나에게
너란 사람은 왜 아직도 과거가 되지 않는 걸까.

삶이 시작되는 순간부터가
죽음으로 가까이 가는 것이라는 말처럼

어쩌면 사랑을 시작하는 시점이
사랑의 과거가 되는 시점인 걸까.

# 너는 어쩌면
# 내 마음의 북극

너는 내 마음의 중심 축.
너를 중심으로 내 마음도 돈다.

너는 네가 차가운 사람이라 아플 거라 했지만
난 얼어붙더라도 가보고 싶었다.

너는 언제나 내 마음이 가리키는 방향.
자성이 사라지기를 기다리며
다른 도시를 돌고 떠돌이도
결국 제자리를 가리키는
내 마음의 나침반.

# 내 마음의
## 보온병

겨울에 따뜻한 차를 갖고 다니며 마시려고 보온병을 사러 갔다. 크기는 어떤지, 무겁지는 않은지 이것저것 들어보고 디자인을 살펴보며 고르기를 30분.

"보온병이 보온만 잘 되면 되죠."라는 기기 주인의 말을 들으면서도 나는 여전히 그것을 가지고 다닐 내 모습을 상상하며 보온병을 골랐다.

어쩌면 우리 삶에서 벌어지는 선택도 그런 연장선상에 있는지도 모른다. 핵심은 따로 있는데 주변 것들이 마음을 어지럽힌다. 원래의 목적이 중요한데 자꾸만 부차적인 것들을 보게 된다. 그것이 사람일 때는 더욱 바깥 것, 외부적인 조건에 집중하게 되는 게 아이러니다.

나를 담아주는 보온병은 몇십 년 넘게 쓸 수 있는 튼튼한

것이었으면. 몇십 년이 지나더라도 질리지 않는 무난하고
담백한 디자인이었으면. 미지근한 마음을 담아도, 뜨거운
마음을 담아도 그대로 유지해주는 좋은 보온병이었으면.
힘들게 찾지 않아도 누군가가 선물로 내 손에 꼬옥, 쥐어주
었으면.

# 사랑 계획표

차를 바꾸는 것
학원에 다니는 것
친구와 만날 약속을 잡는 것
영화를 보는 것
여행을 가는 것
이 모든 것은 계획할 수 있다.

사랑은
어느 날 갑자기 맡게 된 프로젝트처럼 온다.
나는 엉겁결에 계획에도 없던 프로젝트의
공동 책임자가 된다.

그래서 허둥대다가
내내 마음을 졸이다가
싸우고 휩쓸려 가다가

생각대로 되지 않아 애쓰다 보니
모든 것이 엉망진창.

그렇다면
사랑을 준비하고 있어야 하는 것일까.

그런데
준비할 것은 있기나 한 걸까.

# Disabled

마음에 자리 하나 내어 놓는다.
다른 곳보다 쉽고 넓은 자리.
다른 사람은 들어오지 못하고
너만 들어올 수 있게
특별한 표시를 해놓는다.

텅 비어서 더 넓어 보이는 자리.
마음을 절룩이며 나에게 오기까지
오랜 시간이 걸리는
너를 기다리며
여전히 비워놓은 너의 자리.

나는 이미
너에게 졌다

내가 좋아하는 사람에게
나는 이미 패자다.

너는 앞만 보며 달리지만
나는 달리는 너를 따라 달리니까.

꼬물꼬물

눈물이 나려는지
마음이 꼬물꼬물

내 맘을 아는지
날씨도 꼬물꼬물

어정쩡하게
꼬물꼬물 대는
너 때문에.

사랑과 이별은
같은 곳에서
시작하고 끝난다

친구였던 그와 그녀는 사귀게 되었다. 만나면
언제나 으르렁대던 두 사람이 어느 새인가 보니 투닥투닥
사랑싸움을 하고 있었다. 다른 친구들이 묻는다. 어떻게 사
귀게 되었느냐고. 그녀가 말한다.
"그냥 그렇게 됐어."

오랜만의 친구들과의 모임. 그는 오지 않고, 그녀만 친구들
사이에 앉아 있다. 그와 그녀가 헤어졌다는 소식이 얼마 전에
들렸는데 진짜였구나, 하는 친구들의 걱정이 가득하다. 친구
들이 그녀에게 묻는다. 왜 헤어졌느냐고. 그녀가 말한다.
"그냥 그렇게 됐어."

그녀의
거짓말

혼자 어두운 밤길을 갈 때는
꼭 전화하라고 했었지.
우리 집이 조금 외진 곳에 있어서
집에 잘 들어가는지 걱정된다고 했었잖아.
혹시라도 무슨 일이 생기면 금방 달려올 것처럼
나를 챙겨주는 마음이 무척 고마웠어.
내 남자도 아닌데 나를 보호해준다고 생각하니까
마음이 든든해지더라.

너 아니?
내가 너에게 매일 전화했던 거.
밤 늦게 집에 갈 때만 전화한 거 아니야.
침대에 누워 있다가도, 밀린 일을 하다가도
네가 생각나면 전화를 했었어.

들키지 않으려고 방 안에서 서성대며
전화했던 거, 너는 알았을까.
너에게 거짓말을 하면서라도
너와 계속해서 이야기하고 싶었어.

아니. 정확히 말하면 거짓말은 아니야.
내 마음이 어두운 밤길을 걷고 있었거든.
네가 알아주지 않는 내 마음.
너를 향한 내 마음은 언제나
칠흑 같은 어둠 속이었는데,
지금도 그래…….

나, 언제까지 이 어두운 길을
계속 걸어가야 하는 걸까.

# 세상에서 가장
# 슬픈 이야기

세상에서 가장 슬픈 건
내가 원하는 네가
나를 원하지 않는 것.

나를 원하는 백 명이
내 주위에 있어도
내가 원하는 단 하나의 네가
나를 원하지 않는 것.

# 나도 모르는
## 사이에

좋아하던 사람에게
여자 친구가 생겼을 때
'짜증난다'
'아깝다'
'부럽다'
'화가 난다'
그런 생각보다
먼저 튀어나오는 건
'졌다'
라는 생각.

나도 모르는 사이에
내가 어떤 경기에 참여했고
나도 모르는 사이에

내가 패배하게 되었다는 사실.

그것도 나보다 훨씬 별로인 것 같은
어떤 그녀에게.

그리고
별로인 것 같은 그녀보다
내가 더 별로였나, 하는 자괴감.

# 연애의 온도

          사랑의 온도를 잴 수 있다면 얼마나 좋을까.
당신을 사랑하던 시절의 나는 한껏 들떠 있었어. 얼굴이 붉
어지고 가슴도 뛰고, 어쩌면 내 체온보다 조금 오른 온도로
당신을 사랑했을 거야. 감기를 앓듯, 언제나 앓았었잖이, 니.

얼마 전 온천 속에 들어가려다 온도계에 표시된 숫자를 봤
어. 사십 도라고 쓰여 있었는데 조금 발을 담그고 있었더니
생각보다 뜨겁지 않더라. 그 안에 들어가 앉아 있으니 금세
물이 식은 것 같은 느낌이 들었어.

내 안에 들어왔던 너도 그런 마음이었을까. 뜨겁다고 생각
했는데 금세 익숙해져 식은 것처럼 느꼈던 걸까, 당신은.

그렇다면 나는 용암처럼 끓어올라야 했던 걸까. 화산재가

흩어져 눈물처럼 앞을 볼 수 없게 만들 정도로. 당신도 나도 다 태워버릴 정도로. 나는 그렇게 뜨겁게 끓으며 주변의 것들을 다 삼켜야 했을까.

내 마음은 참 많이 뜨거웠는데 그게 몇 도였는지 모르겠어. 아니, 몇 도부터 뜨겁다고 할 수 있는지도 모르겠어.

당신과 사랑하기 위한 연애의 온도는 몇 도부터 몇 도까지 여야 했을까.

# 당신의 시간을
# 살 수만 있다면

당신의 시간을 사서
어딘가에 보관할 수는 없을까.
당신과 내가 시작된 맨 처음 어딘가
그리고 우리 사랑의 중간 어디쯤
그리고 당신 삶 마지막에서
어느 지점 정도의 시간.

그 시간들을 사고 싶어.

그럼 우리가 헤어져도
마지막에는 나를 사랑하고 있을 텐데.
적어도 나를 잊지 않을 텐데.

무엇으로 어떤 것으로
당신의 시간을 살 수 있을까.

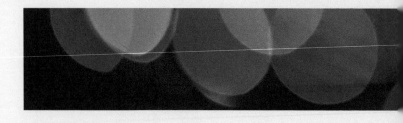

*part 3*

좋았던
순간은 여전히
아프다

# 괜찮지 않아

잘 지내냐는 너의 질문에
나는 괜찮다고 답했어.
괜찮지 않다고 해도 달라질 건 없으니까.
괜찮다고 하면 더 물어보지 않을 테니까.

내가 괜찮다고 하는 건
더 이상 대답하기 힘들 정도로
괜찮지 않다는 뜻이야.

그러니까
내가 괜찮다고 할 때
네가 알아줬으면 좋겠어.
내가 너무 고통스러워서
그렇게 말할 수밖에 없는 거라고.

그러니까 내 말 사이의 공간을
조금 더 들여다봐 주었으면 좋겠어.

아니.
네가 나의 행간을 들여다볼 줄 알았다면
우린 이렇게 멀어지지도 않았겠지.

네가 묻기 전보다
나는 더 괜찮지 않아져버렸어.

그냥 지나가주면 좋았잖아.
그게 나를 위한 최대한의 배려였을 텐데.

# 사랑 값

모든 사랑에는 값이 있다.

이토록 아픈 건
내 사랑이 후줄근한 사랑이 아니었고
값싼 사랑이 아니었다는 증거다.

그러니
아파해도 괜찮다.

# 햇빛 찬란한 날
## 이별해주세요

햇빛 찬란한 날에 이별해주세요.
선명한 당신의 그림자가
또렷하게 선을 그으며
넘어오지 말라고
경고해줄 테니까요.

날씨가 흐린 날에 이별하지 말아주세요.
당신의 그림자를 잡으려 해도
어디서부터 어디까지가 당신이었는지
분간하지 못해 커져버린 마음이
온 땅 전체에 회색 빛으로
내려앉을 것 같으니까요.

# 사랑의 흔적

사랑.
흔적을 남기는 일과
흔적을 남기지 않는 일 중
어느 쪽이 더 쉬운 것일까.

쉬운 이별을 위해서라면
사랑의 흔적이 없는 게 좋겠지만
흔적이 없는 사랑은
그것이 없다는 이유로
더 슬플지도 모른다.
그래서 더 이별하기 어려울 수 있다.

사랑한 흔적이 남지 않는다는 건
어쩌면 왔던 길을 표시하지 않아
돌아갈 길도 모른 채 방황한다는 것.

나의 모든 것이
너에게로만 녹아들던 시절
길을 새기는 일에
인색하지 않길 잘했다.

나는 이렇게 돌아나올 길을
온몸으로 더듬어
찾았으니 말이다.

흔적이 없는 사랑은
그것이 없다는 이유로
더 슬플지도 모른다.

## 사랑에 서툰
## 사람들의 이야기

네가 사람을 사랑하는 데
서툰 사람임을
이제야 깨닫는다.

너와 만나고
너와 헤어지고
너와 다시 만나고
너와 다시 헤어지고
그렇게
많은 시간이 흐르고 난 뒤에 깨달았다.

네가 사람을 사랑하는 데 서툴다는 것을.
그리고 나도 사랑이 서툰 사람을 사랑하는 데
익숙하지 않은 사람이라는 것을.

너무 오래 걸렸다.
그때 알았다면
처음부터 알았다면
잘 하는 척 하지 않았을 텐데.
잘 아는 척 하지 않았을 텐데.

그렇다면 지금 우리는
조금은 달라져 있을 텐데.

# 정지

모든 것이 그대로인데
나만 움직이는 것처럼 느껴지는 때가 있고

모든 것이 움직이는데
나만 멈춰 있는 것 같은 때도 있다.

이별이 견디기 힘든 건
모든 것이 그대로인데
나조차 멈춰 있는 것 같기 때문.

그래서
아무것도 할 수 없다고
느껴지기 때문이다.

# 누구의
# 잘못도 아니다

다 잊었다고 생각했는데
문득 네가 찾아왔다.

네 잘못은 아니다.

길을 내어준 건
바로 나니까.

# 헤어지기
# 시작했습니다

뜸한 문자. 네가 어디서 뭘 하고 있는지 생각
은 하지만, 걱정은 되지 않는 것. 너의 흔적과 너의 방향을
고민하지 않기 시작하는 것. 늘어만 가는 "아, 그랬었나?"
그리고 "미안." 일상이 되어버린 사랑. 너를 위해 온통 비
워놓았던 시간에 다른 사람들이 그리고 다른 할 일이 조금
씩 들어오는 것.
이별의 이유를 찾고 있는 나.

오해에서
다시 후회가 시작되다

이 옷 저 옷 입고 벗기를 반복하는
소녀의 들뜬 첫 데이트처럼
수십 가지의 이유를 꺼내놓고
가장 그럴듯한 이유를 골라
너에게 다시 연락을 했다.

그냥, 참았어야 했다.

내가 이러니
너도 이럴 것이라고 생각했다.
우리는 늘 생각이 같았으니까.

네가 지금 외로울 거라고,
너에게 내가 필요할 거라고
내가 보고 싶을 거라고

우리가 걸어온 흔적을 훑으며
안타까워하지만
차마 나에게 연락하기
어려울 거라는, 오해.

그 모든 오해에서
후회가 시작됐다.
다시 연락하지 말았어야 했다.

# 나는 네가 아프다

겨울이 치열하게 휘갈기고 간 자리에 차가운
탄피처럼 소복이 눈이 쌓여 있었다. 상흔만 남아 있던 전쟁
터 한복판에서 나는 몸을 숨길 곳을 가까스로 찾은 병사처
럼 추운 칼바람을 피해 카페로 들어갔다. 문을 여는 순간,
밀려오는 따뜻한 생기. 죽음에서 삶으로 나를 이끄는 듯한
안온함이 온몸을 감쌌고 생각할 틈도 없이 내 발은 이미 안
쪽을 향해 걸어가고 있었다.

카페에 자리하고 있는 사람들은 이곳에 들어온 지 오래 됐
는지 발그레한 볼로 음악에 맞춘 듯 이야기들을 나누고 있
었다. 어떤 커플은 나란히 노곤한 몸을 푹신한 소파에 뉘인
채 조곤조곤 이야기를 속삭이느라 다른 사람들은 신경 쓰
지 않는 눈치였다.

나는 따뜻한 아라비카 커피를 주문하고 따뜻한 물도 부탁

했다. 곧 주문한 것이 나왔다. 아로마가 가득한 핸드드립 커피를 만드는 바리스타의 정성과 생수에 레몬을 띄워주는 카페 아르바이트생의 친절함이 묻어 있었다. 우리는 이곳에 머물러 있는 동안 함께 얼굴을 맞대고 시공간을 나누는 사이니, 그런 친절과 따뜻함은 추위라는 치열한 전투를 뚫고 온 전우에게 베푸는 정이라 여겼다.

일면식도 없는 카페의 주인으로부터 사랑이 느껴질 때가 있다. 그건 훈훈한 기운이 도는 테이블들을 지나, 나 혼자만의 공간에 오롯이 남겨질 때 문득 드러난다. 예를 들면 추위에 긴장하던 몸을 포근히 녹여주는, 세면대 수도꼭지에서 나오는 따뜻한 물 같은 것이다. 예상하지 않던 이런 조건들이 갖춰졌을 때 내 마음은 천국이 되고 나는 보살핌을 느끼며 사랑을 느낀다.

마치 호호 입김을 불어 내 손을 녹여주는 남자친구의 배려처럼, 주인이 베푼 따뜻한 물로 손을 씻으면서 얼마 전 친구네 집을 방문한 기억이 났다.

친구의 룸메이트가 나에게 물을 마시겠느냐고 물어 나는 따뜻한 물을 달라고 했다. 그는 집에 정수기가 없어서 냉장고에 있는 차가운 물이나 식탁에 둔 실온의 물, 두 가지밖에 없다며 미안해했다. 나는 그럼 괜찮다고, 그냥 두라고 했다. 친구들과 거실에서 이야기를 나누고 있는데 부엌에서 뭔가를 만지작거리는 그의 모습이 눈길을 끌었다. 그는 에스프

레소 커피 머신을 만지작거리며 그걸로 물을 따뜻하게 데워낼 수 있는지를 연구하는 것 같았다. 한참 머신 앞에서 고민하던 그는 포기했는지 거실로 와서 앉았다. 그는 아무 말 없이 나를 보고 웃었고, 나는 그의 따뜻한 마음을 읽을 수 있었다.

사실 사랑하는 사람에게 원하는 것도 그런 소소한 것에서 불현듯 발견되는 따뜻함 같은 것이다. 그러나 오히려 그것이 어렵다. 마치 따뜻한 물을 기대했던 수도꼭지에서 얼음처럼 찬물이 나오고 공기는 적막해, 더 마음이 움츠러들 때가 많다. 기대가 커져버려서인지, 원래 그 사랑의 주인 마음 씀씀이가 그런 것인지 늘 아쉽고 부족하다는 느낌을 지울 수가 없다.

그렇게 사랑은 아쉬움과 안타까움의 반복이다. 네가 카페 주인처럼 따뜻한 물을 준비해뒀으면 좋았을 텐데, 네가 내 친구의 룸메이트처럼 나를 위해 조금만 더 애써주었으면 좋았을 텐데.
언제인가부터 우리 사랑은 너무 차가웠다. 사랑이 차갑게 식어간 것이 아니라 어쩌면 시작부터 차가웠던 사랑이었는지도. 아니 어쩌면, 차가웠던 그것은 사랑이 아니었을 수도.

# 작은 틈이었을
## 뿐인데

틈이 보인다.
너와 나 사이에.

그 틈 사이에
눈물이 고이고
얼어붙었다 녹았다
몇 번을 반복하고 나니

이별이 되었다.

# 종이에
# 손을 베다

종이에 손을 베었다.
생각하지도 못하게 깊이 베인 바람에 쓰리고 아파와
한참 동안 벌어진 손가락 상처 틈을
다른 손가락으로 꼭 누르고 있었다.

손가락이 종이에 베어 상처가 날 때는
쓰라린 통증보다 기분이 나쁘다는 감정이
달음박질하 듯 먼저 올라온다.
예상하지도 못한 채 기습적으로 당해서일까,
종이 한 장이 베어놓은 상처의 깊이가
꽤 깊다는 사실을 인정하기 싫기 때문일까.

시간이 지나면 베인 상처는 아물지만
손가락 끝 살갗은 까칠하게 남아 있어
자꾸만 걸리적거린다.

그렇다고 반창고를 붙일 수도 없다.
약을 바르고 처방을 내리기조차도
쑥스러운 상처일 뿐이니까.

종이처럼 네가 나를 베었다.
나는, 그깟 종이로부터
나를 지키지 못했다.

그것이 지금의 내 복잡한 감정이
요동치고 있는 이유다.

# 이별의
# 면죄부

모든 것을 설명하려고 애쓰지 않아도 된다. 가끔은 그렇게 애쓰지 않는 것이 정답일 때가 있다. 모든 것이 설명되는 일은 세상에 없으니까. 내가 네 곁을 떠났을 때도 그 이유를 설명할 수 없었고, 그가 내 곁을 떠날 때도 그 이유를 들을 수 없었으니까.

이제야
알게 되었어

담배는 끊는 것이 아니라
평생 참는 거라고,
누가 그러더라.

그 순간
네가 생각났어.

아, 너는
끊을 수 있는 게 아니구나.
참아야 하는 거구나.

네 생각
네 얼굴
네 냄새
너와의 추억……
평생 참아야 하는 거구나.
이제야 알게 된
너를 잊는 방법.

끊으려 해서 힘들었나 봐.
끊을 수 없는 거였어,
처음부터.

# 신호등 앞에 선
## 이별

신호가 초록색 점등으로 바뀌었다. 남아 있는 칸은 다섯 개. 나는 횡단보도로 뛰기 위해 한 발을 들었다가 이내 앞으로 쏠린 몸을 뒤로 잡아끌었다. 뛸 수 있었지만 뛰고 싶지 않았다. 오늘은 그런 날이었다. 마냥 고결하고 우아한 몸짓만 그려내고 싶은 날. 바쁘더라도 숨을 고르고, 급한 척하고 싶지 않은 그런 날.

그러다 문득 네 생각이 났다. 내 마음이 깜빡이고 있을 때 너도 그랬던 건지. 걸음을 재촉해 나에게 오려다가 몸을 잡아끌어 멈춰 서버린 건지. 그대로 그렇게 우리의 통행이 정지되어버린 건 아닌지 궁금해졌다.

여전히 세 칸이나 남은 초록색 신호를 세어보며 그냥 건너갈 걸 그랬나 싶었다. 어쩌면 너도 세 칸이나 마음이 남아 있었는데, 나를 너무 쉽게 포기해버린 걸 후회하고 있을지도 모른다는 생각이 들었다. 몸은 움직였지만 마음이 더 가

지 못하게 끌어내려 발걸음을 돌렸던 그 지점, 그곳으로 돌아가면 너를 다시 만날 수 있을까.

어쩌면 나는 우아한 몸짓 대신 마음을 재촉해 빨리 길을 건너는 편을 택해야 했는지도 모른다. 차라리 길을 건너려다가 넘어질걸. 그랬다면 내 울음을 듣고 네가 한걸음에 달려왔을지도 모르는데.

모든 것이 이 신호등처럼 반복될 수 있다면 얼마나 좋을까. 빨간색 신호등이 초록색으로 바뀌고 다시 점등이 될 때까지 나는 그 자리를 떠날 수가 없었다.

# 나선형 이론

당신은 나를 닮았다.
나를 닮아 나처럼 움직인다.

가만히 있다가 움직이기도 하고
한참을 움직이다가 그냥 멈춰 서기도 한다.
내가 멈춰 서면
당신도 멈춰 서서 나에게 오지 않는다.
내가 오른쪽으로 가면
당신도 오른쪽으로 간다.

내가 왼쪽으로 시선을 돌리면
당신도 왼쪽으로 시선을 돌린다.
당신과 나는 마주 서 있기에
한 번도 방향이 같았던 적이 없다.
우리는 서로 다른 방향을 보고

움직일수록 점점 멀어진다.

내가 아플 때마다 당신도 아팠고
언제나 필요한 그 순간에 내 곁에 없었으며
내가 외로울 때 당신도 외로워 갈 곳 몰라 했다.

닮았다는 게 좋은 것인 줄 알았는데
닮아서 너무 외롭다.
끝까지 만나지 못하고 마주하는 평행선처럼
우리는 닮기만 하고 이어질 수 없는
운명을 타고났는지도 모른다.

당신과 내가 걸었던 길의 흔적들도,
공유했던 순간들도 평행선일까.

혹시 지구 끝까지 걸어 돌아오면,
어느 지점에서 내가 몇 발짝만 방향을 틀어도
당신의 길과 맞닿는 순간이 오지 않을까.

# If

당신이 내 곁에 더 가까이 있었다면
당신 때문에 신음하고 있는
내 마음의 소리를 들었을 텐데.

당신이 내 곁에 더 가까이 있었다면
붉어진 내 볼의 온기를 느낄 수 있었을 텐데.

당신이 내 곁에 더 가까이 있었다면
내 눈동자에 거울처럼 비친
당신의 모습을 볼 수 있었을 텐데.

그럼 당신 자신을 찾고 싶다고
그토록 헤매느라
나를 애태우지 않았을 텐데.

# 이별은
# 이렇게 단순한데

사랑.
'좋아하는 정도가 훨씬 큰 것'
'떨어지고 싶지 않은 마음'
'보고 있어도 자꾸만 보고 싶은 그리움'

사랑은 한 줄로 설명할 수 없이 복잡하지만
이별은 한 줄로 설명이 가능할 정도로 단순하다.

'사랑하던 남녀가 더 이상 만나지 않는 것'

이렇게 이별이 단순한데 왜 사랑할 때보다 어려운 걸까.
이별의 이유는
왜 이별하는 동안에도 이별이 끝난 뒤에도
이해할 수 없는 것일까.
이별은 이렇게 단순한 건데.

# 끝나버린
# 사랑의 변상

사랑이 약속으로 시작하듯이
깨어진 약속, 깨어진 사랑에 대한
책임과 변상은 분명히 존재한다.

그것은 둘이 헤어지게 되었다는 것.
그 관계에 미래가 사라졌다는 것.

헤어지게 된 것만으로
충분히 값을 치렀다

# 거짓말 거짓말 거짓말

내가 펑펑 울었던 그날
나를 달래려고 네가 말했지.
너도 내 마음을 안다고.
아니, 넌 내 마음을 몰랐어.
너 때문에 울었거든, 그날.

나와 싸우던 날
네가 토하듯이 말했어.
내 마음을 대체 모르겠다고.
아니, 넌 내 마음을 알았어.
알지만 모르는 체하고 있었지.

넌 왜 늘 거짓말만 하니.
내 맘을 가지고 이렇게.

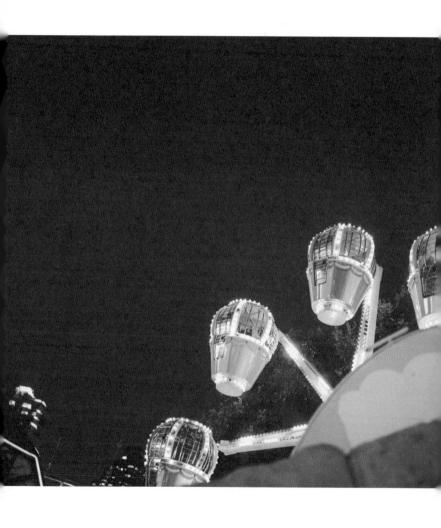

# 서점에서
## 당신의 흔적을 좇다

도서관에 가는 것보다
서점에 가는 게 더 좋아.
도서관이든 서점이든
어디서든 책을 읽을 수 있지만
살 수 없는 책을 읽는다는 것과
살 수 있는 책을 읽는다는 것은
시작부터 다르잖아.

너를 만나는 시간들은
도서관에 정렬되어 있는
책들 같았어.
읽을 수는 있지만
빌려올 수는 있지만
언젠가 반납해야 하는,
그런 좋은 책들.

넌 그런 책 같았어.

그래서 난 오늘도 서점에 왔어.
널 가질 수 없던 그날들이 생각나서.
너를 갖고 싶던 마음을 담아
책을 읽고 있어.

지금 읽고 있는 책은
사지 않으려 해.
나도 한번쯤
누군가를 밀어내보고 싶었거든.

가질 수 있는데 갖지 않는 거
해보고 싶었어.

그때의 너처럼.

# 네 잘못이 아니야

내가 시작했어.

내가 오해했고
널 좋아하기 시작했고
네 곁에 가까이 가려 애쓰고
너에게 연락하고
내 마음을 고백했던 것.

너는 내가 상처받을까 봐
최선을 다해주었어.

이야기를 들어주고
만나자고 하면 만나주고
그러다 내가 깊어지려고 하면
나와 연락을 끊기도 했었지.

나도 알아.
네가 나를 지켜주기 위해
나를 멀리했다는걸.
나는 네 사람이 될 수 없었으니까.
가까이 두지 않는 게
오히려 고마운 일이었어.
내가 더 가까이 가지 못하도록
가끔 차갑게 굴어준 게
지금 와서 보니 나를 위한 일이었어.

네 잘못이 아니야.
네가 나를 덜 사랑했던 거.
그러니 미안해하지 마.

다녀올게

네가 처음이자
마지막으로 나에게 했던
거. 짓. 말.

# 이별에도
## 노하우가 있다면

모든 것을 이해하려 하지 말 것.
모든 것을 이해시키려 하지도 말 것.

이것만 할 수 있다면
이별이 편해진다.

이별이 아프지 않다.

# 휘둘린 거니까

덜컥거린 우리의 시간.
'내가 더 잘할게'
네가 나에게 말했지만
네가 변하는 것도, 내가 변하는 것도
모두 무의미하다는 걸 알았어.

너와 내가 변하기 전에
사랑이 변해버렸거든.
어쩌면 네 잘못도, 내 잘못도
아닌 걸 거야.

자기 마음대로 왔다가
자기 마음대로 떠나는
사랑, 그 녀석에게 휘둘린 거니까.

# 뚜렷한 계절에
## 사랑하지 마라

내가 가장 좋아하는 겨울에
누군가와 추억을 남긴 건 잘못한 일이었다.

흠뻑 빨아들인 공기와
시큼해지는 폐의 느낌을
늘 기다려왔는데
이번 겨울은 뭔가 헛도는 느낌이다.

아프고, 또 아프다.
아픈 내가 아픈 나에게 이야기한다.

뚜렷한 계절에
사랑하지 말았어야 했다고.

# 어쩔 수
# 없어

너와 헤어지던 날
나는 눈물을 흘리는 대신
펜을 들었어.

떠오르는 생각들을 써 내려가는데
우는 일이 생기면
울다가도 거울을 보고
우는 표정을 연습한다는
어느 여배우의 말이 떠오르더라.

우리가 그 아픈 순간에도
철저하게 이기적일 수밖에 없었던 것도 그런 거야.

사람이란 그런 거야.
사랑이란 그런 거야.

나는 펜을 들어도
너는 아무것도 하지 않았으면 좋겠어.
너는 이별에 집중했기를.

그 순간만큼은
내가 조금 더
이기적이었던 거면 좋겠어.

## part 4

아직은
어른아이

# 나이가
# 든다는 것

언제나 나는
꽃 구경보다
단풍 구경이 좋았다.

꽃은 예쁘게 피어도
지고 나면 그뿐이지만
단풍은 저물어가고 물들어가며
그 쇠하는 과정에서
시간의 숙고가 아름답게 느껴지기 때문이다.

나는 어쩌면
원래부터
꽃이 아니라
단풍이었는지도 모른다.

그러니
나이가 드는 것이
아쉬운 일만은 아니다.

아름답게 물들 수만 있다면.

고맙다
시간아

애쓰지 않아도
이렇게 흘러주니
얼마나 고마운지.

# 발상의 전환

어느 날 문득,
이런 생각이 들었다.

지금까지 혼자 잘 살아왔다면
앞으로도 그럴 수 있지 않을까.

조금 외롭기야 하겠지만
외롭지 않다고
인생이 달라지는 것도 아니니.

# 존재 자체를 사랑하기

대부분 사람들에게는 어른이 되면서 갖는 것들이 조금씩 생겨나기 시작한다. '나'라는 사람을 수식하는 여러 타이틀이 붙고 사람들도 붙는다. 사원, 대리였던 직함이 차장, 부장이 되고 나에게 조금씩 권위가 생기게 되며 나의 결정에 따라 일이 쉽게 풀어지기도 하고 얽히기도 한다. 그러다 보니 나에게 잘 해주려는 사람들도 늘어난다.

대중의 사랑을 받는 공인, 특히 연예인을 보며 항상 안타까웠던 것이 그들을 자체로 인정하고 사랑하는 사람을 만나기가 참 어렵다는 현실이었다. 배우 누구누구가 아니라 인간 누구누구를 좋아하는 친구들이 존재한다는 것, 그냥 그 사람이 좋아서 친구가 되거나 주변에 머무르는 사람들을 갖는다는 게 얼마나 사소하면서도 큰 행복인지. 화려해 보이는 이면에 연예인이 겪는 외로움은 그래서 차원이 다를 수밖에 없다고 느꼈다.

언젠가 한 기업의 대표와 만난 자리에서 그분이 "누군가 나에게 다가오면 '나에게 뭘 바라는 걸까?'라는 생각부터 든다."는 말을 들었을 때도 그랬다.

좋은 의도든 나쁜 의도든 나에게 다가오는 사람들이 어떤 마음속의 계획을 갖고 다가오는 것에 상처가 날 수도 있겠구나. 건조한 날 더 찌릿한 정전기에 흠칫 놀라듯, 그분은 건조하게 다가오는 인간관계에 대해 이미 많은 것을 겪은 뒤였다.

그때 생각했다. 많은 사람의 관심을 받는 삶을 산다는 것은 어쩌면 철저한 자기와의 싸움과 외로움을 안고 사는 대가일지도 모른다고.

그분을 개인적으로 더 알고 싶다는 생각으로 만난 자리였지만, 그 말을 듣는 순간 아주 미세한 바늘이 마음 한 구석을 찌르는 것 같았다. 혹시 나의 의도 속에 나도 모르는 '계산'이 숨어 있던 것은 아닌지. 딱히 지금은 표면으로 올라와 있지 않지만, 이 만남이 계속되면 언젠가 내가 그분에게 도움받을 일이 있을 것이라는 욕심이 기저에 깔려 있는 것은 아닌지 자신에게 질문했다.

알 것 같았다. 그분이 얼마나 외로울지. 자신에게, 아니 자신을 둘러싸고 포장하는 수많은 타이틀과 그분이 가진 무형, 유형의 것에 자석처럼 끌려오는 사람들을 보면서 얼마나 쓸쓸했을까.

어떤 사람은 대놓고 그 욕심을 드러냈을 것이고, 어떤 사람은 생각을 숨기고 그의 삶에 들어왔을 것이다. 어쨌든 시간이 지나서 보니 모두 '그가 가진 어떤 것'을 바라는 사람이었다는 것을 알게 됐을 때의 허망함.

아주 조금은 알 것 같았다. 왜냐면 나도 가끔 그런 생각을 해볼 때가 있었으니까. 내가 그냥 아주 평범한 사람이라면 나와 관계를 맺는 이 사람들이 나와 친구가 되었을까? 곁에 있는 사람들 하나하나 얼굴을 떠올리며 곱씹어보았다.

갑자기 모든 인연에 슬픔의 그림자가 덮혔다. 그 누구에게도 자신이 없었다. 나라는 존재 자체로만 사랑받고 싶은데. 그것은 가족을 제외한 인위적으로 만든 모든 관계에서 쉽지 않은 일이었다. 껍데기를 모두 부수고 어떤 이름도 달지 않은 나를 순전히 아껴주고 사랑해주는 사람이 하나만 있어도 삶은 참 행복할 텐데.

그리고 나야말로 어떤 누구를, 그렇게 이해해주고 사랑해주는 사람이 될 수 있을까. 나 자신에게 자신이 없어졌다.

# 자유의
# 시작

다른 사람들이 나에 대해
오해하는 것을 두려워하지 않아야
삶이 자유로워진다.

어쩌면 오해받고 싶지 않은
마음도 욕심이다.

그런 욕심을 버리면
자유로워진다.

# 내어주는
## 마음

누군가가 그랬다.
우리가 온전히 다섯 손가락을 갖게 되는 것은
손가락과 손가락 사이에 있는 세포들이
죽음을 선택했기 때문에
떨어져 갈라져서 그런 거라고.
그 세포들이 살겠다고
고집을 피우고 끝까지 버텼다면
우리는 손가락이 다 붙은 채로
태어났을 거라고 말이다.

내가 만들어질 때,
죽기로 결정한 세포들이 있었기에
나는 이렇게 다섯 손가락을 자유자재로
사용할 수 있는 것이리라.

이기적이지 않고 더 큰 것을 위해
자신을 내어줄 줄 아는 마음이
엄마 뱃속에서 한참 분열과 성장을 하던
아기 때의 나에게 있었다.

어쩌면 나는
내 고집만 피우고
내 이유만 내세우고
나만 주장하고 살아야 하는 사람이
아닐지도 모른다.

그렇게 내어주고 희생하는 마음이
처음부터 있었으니까.

그때 그랬던 그 마음을 찾아가면 된다.
그때부터, 처음부터 내 안에 있었으니.

# 인생의
## 방정식

문제를 풀기 위해서는
출제자의 의도를 아는 것이 중요하다.

인생의 문제도 마찬가지다.

내 인생에 놓인 문제에 담긴
출제자의 의도를 알면
문제를 푸는 일이 조금은 쉬워진다.

# 그 사람이랑
# 친하세요?

누군가와 친하냐는 질문을 받으면
나는 항상 고민한다.
친하다는 기준은 무엇인지
얼굴을 아는 것을 말하는지
그 사람을 잘 아는 것을 말하는지
그 사람의 고민까지도 잘 알고 있는
그런 친밀감 정도를 의미하는지.

그런 고민 속에서 언제나
잘 모르겠다고 대답한다.

그러면 물은 사람은
내가 질문 속의 그 사람과
친하지 않다고 결론짓는다.
그 이야기가 아닌데.

# 더하기가
## 아닌 빼기

청춘이 더하기를
계속하는 나이라면,
언젠가부터
빼기를 시작하는
나이로 접어든다.

사고 싶고, 하고 싶고,
누리고 싶은 것이 많은 청춘.
청춘은 덧칠하고 덧칠해도 아름답지만
청춘을 지난 이들에게 덧칠은
오히려 초라함을 가리려는 시도밖에 되지 않는다.

청춘 이후의 삶에는
빼고 또 덜어낸
담백함이 어울리는 시기가 온다.

어렸을 때 덧입고 덧칠한 수많은 것이
귀찮아지거나
흥미에서 멀어지거나
또 중요하지 않다는 것을 알게 되면
빼기를 하는 것이 자연스럽다는 것을,
자연스러운 것이 가장 좋은 것임을 알게 된다.

싱글의
bitter sweet

어느 날부터인가
무엇을 사는 일이 무의미해졌다.

꼭 사야겠다 싶은 것이 줄어들고
어떤 건 마음에 들다가도
이건 사서 뭐하나 싶기도 하고
사는 게 귀찮아지기도 한다.
쇼핑하러 발품을 파는 것이 수고스러워
인터넷 쇼핑몰을 뒤지다가도
로그인을 하는 것조차 귀찮아진다.

의도하지 않게
엥겔지수만 높아지고
통장에는 잔고만 늘었다.

당신에게
이런 사람 하나 있나요

누나가 수술을 해야 하는데
의사가 여덟 살짜리 꼬마 동생에게
수혈을 할 수 있겠느냐고 물었다고 한다.

아이는 조금 망설이는가 싶더니
이내 결심한 듯 허락을 했고
누나는 다행히 수술을 마쳤다.

회복실에 누워 있는 남자아이에게
몸은 좀 어떠냐고 묻는 의사에게 돌아온
아이의 대답.

"괜찮아요.
그런데 전 언제 죽어요?"

그 짧은 시간에
누나를 위해 자신의 피를 주고
죽을 각오를 했던 아이의 순수한 마음.

내 인생에
이런 사람 하나 있을까.

누군가의 인생에
나는 이런 사람이 될 수 있을까.

# 될 일과 안 될 일의
## 경계에서

될 일은 애쓰지 않아도 쉽게 풀리고
안 될 일은 아무리 애써도 풀리지 않는다.

삶을 살아가면서 우리가 배우는 것은
풀리지 않는 일을 푸는 방법이 아니라
안 될 일을 되도록 만드는 방법이 아니라
그런 것들이 있음을 인정하고
순응할 줄 아는 법을 배우는 것이다.

# 결국,
## 누군가의 뜻대로

인생이 내 뜻대로 되지 않는다는 건
어떻게 보면 좋은 일일 수도 있다.

인생이 내 뜻을 피해서 가고 있다는 것은
다른 누군가의 뜻대로 가고 있다는 것인데,
내 뜻대로 가지 못하도록
내 인생을 주시하고 있는
누군가가 있다는 것을 말하는 것일 테니까.

내 뜻대로만 되는 것도 어려운 일이지만
내 뜻대로 전혀 되지 않는 것도 쉽지 않은 일이다.

왠지 마음이 더 든든해진다.

ACT
EVERYTHING
AS YOU
WANTED

그러니까
그러하므로
그래서

서른이 넘어
명절에 친척집에 가는 것이 불편한 이유는
결혼은 왜 안 하느냐라는 질문 때문만은 아니다.
다같이 모여서 하는 이야기들이
미래도 현재도 아닌,
과거만을 곱씹어서일지도 모른다.

이십 대까지는
처음 듣는 그 이야기가,
어른들의 어렸을 적 이야기가
신기하고 재미있지만
그것이 만날 때마다 반복되는 레퍼토리라는 것을
알게 되는 서른에는
딱히 흥미진진하지도, 신이 나지도 않는다.

그래서 명절은
미래로 걸어나가려고 발버둥치는 서른 살을
자꾸만 뒤로 잡아끄는 망가진 구두굽 같다.

닳고 낡아빠져 가끔 중심을 잃고
휘청거리게 만드는.

# 어른학교
# 입학식

중학교 졸업식 때는
친구들과 헤어지는 것이
섭섭하고 아쉬워 울었지만,
고등학교에 들어간다는 기쁨이
그 슬픔을 상쇄하며 위로했다.

어른이 되는 것도
입학식이 있다면 좋겠다.

그러면,
청춘이 지나는 이 시기가
이렇게 서글프지는 않을 텐데.

# 나비가 되거나
# 되지 않거나

요즘 들어 부쩍
그런 생각이 든다.
앞으로의 인생이 지금의 인생에 비해
확연히 달라지는 건 없을 것 같다는
그런 생각.

스무 살 시절에야
세상을 변화시키겠다는
패기와 포부가 있었고
뭔가 '드러나 보이는' 삶을 꿈꾸기도 했지만
그것이 이뤄지지 않은 지금,
세상의 변화보다는
내 울타리 안의
세상을 잘 유지해가는 것이
더 아름다운 것임을 깨닫는다.

그리고
그것은 변명이 아니라
내 삶을 구성하고 있는 소소한 것들이
얼마나 귀하고 아름다운 선물인지를
더 많이 경험하게 되었다는 것을 뜻한다.

어쩌면 나는
그 끝에 무엇이 있는지도 모르고
누구 하나 정상의 끝을 본 적도 없지만
뭔가 더 좋은 것이 있을 것이라는 생각으로
서로가 서로를 밟고 올라서
거대한 기둥을 만들었던
《꽃들에게 희망을》의 애벌레인지도 모른다.

그곳을 올라가려다가
발길을 돌려 내려와
작은 나뭇가시에 고치를 만들기로 결정한
그런 한 마리 애벌레.

같은 길을 가는 친구 옆에 자리를 잡고
함께 있기로 선택한 그런 아이.

나비가 되리라는 확신은 없지만

삶이 사라지지 않고
변하게 될 것을 꿈꾸며
조금은 소심한 몸짓으로
고치를 만드는 노란 애벌레.

그런 내 옆에
함께 고치를 짓는 애벌레들이
더 많아지기를.

# 참 한결같구나

어린 시절 내 좌우명은
'아님 말고'

어른이 된 지금 내 좌우명은
'이런들 어떠하리 저런들 어떠하리'

다른 이야기 같지만
알고 보면 같은 이야기.

# 슬픔이여
# 안녕

슬픔이 파도처럼 밀려올 때가 있다. 육중하게 밀어닥치는 그런 무게와 크기. 그리고 전율적인 소리와 그림자. 그럴 때는 앞으로 나아가 파도와 맞서 싸우기보다는 뒤로 물러서 관전하는 편을 택하는 날이 생겨났다.
이를테면 '아, 봄이 와서 그런가 보다'라고 생각하거나 '비가 오니까'라고 날씨 탓을 하거나 '오늘 호르몬에 변화가 있나 보다'라고 넘어가버리는 것이다.

내가 슬픔에 무게를 싣지 않으면 하얀 거품이 되어 뒤로 물러나듯, 슬픔은 그냥 흡수되어 사라지기도 한다. 내 기분이 아니라 날씨 때문이라고 생각하거나, 호르몬이 머릿속을 흐려놓는 거라고 생각하면 요동치는 감정의 중심을 잡기가 쉬워진다.

오늘, 때 아닌 커다란 슬픔이 밀려들었다. 분명한 이유가 있는 슬픔이었는데 나는 호르몬 탓으로 이유를 돌렸다. 호르몬에게 떠넘기고 나니 한결 슬픔이 가벼워졌다.

어쩌면 앞으로 겪게 될 모든 감정은 날씨 탓이거나 호르몬 탓일 것이다. 절대로 그의 탓은 아닐 것이다.

# 침묵을 읽어주기를
# 바라던 어느 밤

친한 동생에게 문자가 왔다. 회사에서 자신을 괴롭히는 상사 때문에 마음이 상해 연락한 것이었다. 나는 평소처럼 전화를 걸거나 긴 위로의 문자로 답을 하지 않았다. 하고 싶지 않았다. 그저 짧게 읊조렸다.

"나도 힘들어."

푸념 섞인 한숨을 내쉬며, 왜 나는 다른 사람들을 위로하는 사람이 되어버렸는지 혼란스러워졌다. 나도 힘들 때가 있는데. 남을 신경쓸 힘조차 없을 정도로 이렇게 앓고 있는데. 오늘은 스스로도 버티기 힘들고 벅찬 하루인데.

그녀를 위로하기 전에 내가 나를 위로하지 않으면 안 될 것 같았다. 그렇지 않으면 너만 힘든 거 아니라고 날을 세울 참이었다. 그 순간은 침묵이 최선의 선택이었다. 내가 답이 없자 그녀가 다시 문자를 보냈다. 전에 보낸 문자의 연장이었다. 나는 마음을 더 깊이 누르고 더 무겁게 침묵해야 했다.

그녀에게 나를 향한 배려가 조금이라도 있길 바랐다. 그녀가 나의 침묵에 대한 행간을 읽어주었으면 했다. 내가 빠른 눈치로 언제나 그녀를 위로해주었던 것처럼. 적어도 그만큼의 분량으로 나에 대해 관심을 가져주었으면 했다. 큰 걸바랐던 건 아니었다. "언니, 무슨 일 있어?"라는 정도면 충분했다. 그 정도만으로도 나는 무릎을 세우고 일어나 그녀를 위로할 수 있을 것 같았는데.

혼자 토하듯 문자를 쏟아낸 그녀는 여전히 답이 없는 핸드폰에 대고 "언니 바쁜가 보네." 하고 총총히 사라졌다. 그 누구에게도 이해받지 못한다고 생각되는 밤을, 나는 그렇게 보내고 있었다.

# 얼굴에 책임을 지는
# 어른이 된다는 것

예전에는 나를 보고 배우 누구를 닮았다고 하
면 "아, 내가 그렇게 예쁜가요?"라거나 "네, 닮았다는 얘기
자주 들어요."라고 답했다.

그런데 어른이 된 지금은 누구를 닮았다고 하면 내가 아직
도 내 얼굴 하나로도 또렷하게 구별되지 못하는 사람인가
싶어 속상해진다.

누구를 닮은 얼굴이 아니라, 그냥 나다운 나로 존재하고 싶
은 나이.

## part 5

만약,
먼 미래에
지금을 돌아본다면

# 햇살이 쓸고
# 간 자리

친한 선배가
삼십 년 만에 첫사랑을 만났다고 했다.
그녀와의 만남이 설레고 좋아
자꾸만 마음이 그쪽으로 쏠린다고 했다.

나는 선배에게 한눈팔지 말고
가정을 지키라고 으름장을 놓으면서도
늘 우울의 그늘 속에 살던 선배에게 찾아온
백만 년 만의 햇살이 반갑기도 했다.

현명한 선배는 그 시기를 잘 넘긴 것 같다.
그다음에 본 선배의 얼굴은 다시 그늘 속에 있었지만
햇살이 쓸고 간 자취를 간직한,
조금은 밝아진 얼굴이었으니까.

## 어린왕자의 별에서
## 보낸 메시지

별은 과거인데
우리는 별을 바라보며 미래를, 낭만을 꿈꾼다.

우리는 애초부터
과거에 집착하도록 만들어졌는지도 모른다.

# 좋았어

토닥토닥
내 등을 두드려주던 소리가 좋았어.

너의 굵은 목덜미에 매달리면
너에게 남아 있던 잔향이
나에게 옮겨져 오는 게 신기했어.
가만히 아이처럼 냄새를 맡고 있으면
네가 나를 토닥여주는 바람에
나는 더 아이가 된 것 같았어.
자꾸 매달리는 바람에
네 자세가 엉거주춤하게 되는 게 좋았어.
너를 꼼짝 못하게 만들 수 있을 것 같았거든.

네가 핸드크림을
내 손에 발라줬던 그 순간이 좋았어.

어렸을 적 엄마가
얼굴과 손에 크림을 발라준 것 말고는
그렇게 다정하게 내 손을 만져준 건
네가 처음이었거든.
그 순간, 다시 아이가 된 것 같았어.
아무것도 할 줄 모르는 아이가 되는 것,
나 네 앞에서 해보고 싶었어.
무방비한 상태로, 그렇게.

카페에서 너와 한 해의 마지막 밤을
같이 보낼 수 있어서 좋았어.
몇몇 친구와의 즐거운 자리.
쏟아지는 졸음을 참을 수 없어
잠시 의자를 붙여 누워 있던 너와
그 앞에 앉은 내 눈의 높이가 같아서
한참 서로 쳐다보며 있었잖아.
그날을 위해 네가 선곡해놓은 음악들이
우리의 시간 위로 계속 흘렀지.

네가 나에게 뭔가를 물어보는 게 좋았어.
난 어른이 되고 싶은 아이처럼
너에게 대답을 해주고 인정받고 싶었거든.
넌 하나만 깊게 아는 사람이라

그것 이외에는 별로 관심이 없었잖아.
난 네가 모르는 그 질문들을 채우고 싶었어.

그렇게 좋았어.
너와 함께 있는 것.
시간, 공기, 촘촘히 구성되어 있는 모든 일이.
네가 내뿜고 있는 모든 것.

내 눈이 제일 반짝였대.
너를 바라볼 때.
너와 함께 있는 나를 본 내 친구가 그랬어.

그때 참 좋았나 봐.
너의 안부를 궁금해하지 않기로 한 지금은
덜 좋은 건지, 나쁜 건지
가늠이 되지 않지만
한 가지는 분명한 것 같아.
그냥 그땐 참 좋았다는 것.
그래, 그냥 그걸로 된 걸 거야.

그렇게 생각해야 하는 거야. 그렇지?

# 카메라 속의
# 15년 된 필름

15년 전에 산 필름 카메라가 있다. 친한 사진 작가와 함께 충무로의 사진 골목에 가서 중고로 구입한 카메라다. 그 카메라를 손에 넣고 노출과 셔터스피드 등을 공부하며 사진을 연습하던 시절이 있었다.

모든 것이 디지털로 바뀐 지금도 그 카메라는 내 옷장에 고스란히 남아 있다. 그 안에 필름 하나를 머금은 채.

15년 전, 그 시절에 필름을 넣고 무슨 사진을 찍었는지 잘 기억나지 않는다. 어떤 사람이 남아 있을 수도 있고, 내 마음이 남아 있을 수도 있다. 풍경이든 사물이든, 그때의 생각이 잘 채집되어 담겨 있을 것이다.

어떤 순간들이 기록되어 있는지 궁금하긴 하지만 나는 그 것을 꺼낼 생각은 없다. 호기심이 많은 내가 왜 미적거리는 지 뷰파인더로 내 마음을 들여다본다.

어쩌면 기억하고 싶지 않은 누군가이거나, 기억하고 싶지 않은 슬픔일 수도 있고 혹은 즐겁고 유쾌한 장면들일 수도 있다. 즐거운 일이든 슬픈 일이든, 내가 추억으로 넘길 수 있을 때 현상해보고 싶다. 그때쯤이면 현상과 인화가 불가능해질지도 모르지만.

아직은 추억이 되지 못한 현실, 그러나 현실에서는 조금 멀리 떨어진 희미한 현실 사이에 존재하는 내 필름 한 통. 과거의 어떤 무언가를 자리 잡지 못한 시공간에 지니고 살아간다는 것도 나쁘지 않은 것 같다. 이런 것쯤 한두 개 있어도 삶은 여전히 앞으로 나가니까.

# 조금 더
# 잘해줄걸

돌아보면, 평생 한 번 만나고
다시 못 만나게 되는 사람들이 있다.
일로 만난 사람이든
여행지에서 만난 사람이든
어디에서 만난 사람이든
그것이 마지막인 줄 알았다면 조금 더 잘해줄걸.

지금도 오가며 사람들을 만나고
다시 만나지 못할 사람일 것을 아는데도
왜 조금 더 잘 대해주지 못하는 걸까.

# 모호하게
# 살아보기

작은 그림이 그려진 포스터를 샀다. 종이가 구겨질까 봐 큰 원 모양으로 말았더니 눈썹처럼 되어버려 반대로 볼록하게 말아두었다. 그렇게 시간이 지나자 원래대로 평평해졌다.

지금까지 오목하게 살았다면, 이제는 볼록하게 살아보면 어떨까. 한낱 종이도 방향을 바꾸는데, 살아 있는 내가 방향을 바꾸지 못할 리는 없다. 지금까지 살아온 것과 반대로 살아보기. 내가 해보고 싶은 건, 분명하게 선이 그어진 삶을 벗어버리고 이제부터는 모호하게 한번 살아보기.

# 추억에게
# 길을 묻다

너 떠난 그 자리에
추억이라도 몇 개 남기고 올걸.
가끔씩 가보고 싶을 때
들렀다가 다시 나오면 되는데.

그 자리가 어디인지 찾을 수 없어,
추억에게 길을 물을 수 없어
그곳에 머물고 헤매는 시간이
더 길어져버렸어.

너무 황급히 떠나버렸나.
너 떠난 그 자리에
나라도 잠시 머물러 있을걸.

추억을 달아두고
천천히 빠져나올걸.

미와 미플랫 사이의
음을 위한, D장조


너와 내가 헤어지던 날
비가 왔잖아, 장난처럼.
유달리 비를 좋아하던 우리 둘 사이에.

그날 우리가 애틋해 보였는지
비가 끼어들어 주었어.
처마 밑에 떨어지는 빗소리가
미와 미플랫 사이의 어떤 음을 내고 있었어.
그 음이 너무 불안하고 처연해서,
그 소리에 계속 집중하느라
네가 나에게 하는 이야기를 잘 듣지 못했거든.

넌 아마 그때
왜 우리가 헤어져야 하는지에 대한
이유를 말하고 있었던 것 같아.

빗방울은 미와 미플랫 사이의 어떤 음과
미 사이를 오가며 스타카토 식으로 연주를 했어.

마치 나는 '미와 미플랫 사이의 음을 위한
협주곡 D장조 2악장 라르고'를 듣는 것처럼
비가 들려주는 음악에 집중했어.

어쩌면, 우리가 헤어져야 하는 이유 같은 건
듣고 싶지 않았는지도 모르겠어.

오늘 수도꼭지를 틀어
화분에 흠뻑 물을 주었어.
화분이 물을 흠뻑 빨아들이고 난 뒤
조그만 틈으로 새어나오는 물이 바닥에 닿는데
그날 들었던 그 음이 나더라.

그 소리가 들리자 네가 떠올랐어.
어떤 노래를 들어도, 어떤 음악을 들어도
평생 들을 수 없는 소리일 줄 알았는데,
그 불안하고 애틋했던
내 마음을 담은 그 음.
화분을 들고 한참을 서 있었어.

물을 붓고 또 부으니
물방울들은 아다지오에서 프레스코로,
그러다 안단테로 변하는 음들의 연주를 하고
어두운 통로 속으로 사라져버렸어.

그날 미와 미플랫 사이의 음을 집중해서 들었던 건
잘한 일인 것 같아.

헤어지는 이유를 들어도
이해하지 못했을 거고,
나에게 고스란히 상처로 남고 말았을 테니까.

# 가끔은
# 뒤를 돌아보자

아주 가끔은 뒤를 돌아보자.
어떤 발자국은 이리저리 비틀비틀
어떤 발자국은 저만치 갔다가 되돌아온 흔적들
어떤 발자국은 절룩거린 듯 꼬여 있지만
묵묵히 나를 따라오는
기특하고 고마운 내 발자취가
나를 응원하고 있다.

주저앉지 않고 걸어주어서
고맙다고.

# 〔Re:〕에 관하여

　　　　　글자 하나하나에 의미를 크게 두는 성향이 좋을 때도 있지만 대부분 나를 피곤하게 하거나 내 마음을 스스로 다치게 하는 경우가 많다.
요즘 나의 삶은 문자, 메일, 웹상의 업로드와 댓글, 원고 등 수많은 것이 글자들로 점령당해 있기 때문에 각 글자들의 의미와 내뿜는 오라 앞에서 내 마음은 길을 잃기도 한다.

그러다 보니 단어 선택은 물론 문장 부호까지 조심스럽다. 행간은 물론 자간, 온갖 문장 부호에마저 의미를 찾는 나를 볼 때 어쩌나 싶기도 하다. 생각이 많아져 상상력이 상대방의 마음을 혼자 스캔하고 돌아오기 때문이다.

얼마 전 메일함을 정리하는데 몇 년 전쯤에 주고받은 메일이 눈에 들어왔다. 좋아하는 사람에게 쓴 메일이었는데, 제목에 〔Re:〕을 달아서 답장이 온 것이었다.

개인적인 편지를 보낼 때 그 안에 내용이 무엇이 담겨 있든
지 [Re:]라는 제목을 읽는 순간, 나의 마음은 오 퍼센트 정
도 상하고 시작한다. [Re:]를 받는 것과 새로운 제목을 단
메일을 받는 것과는 상당한 차이가 있기 때문이다. 제목은
내용을 요약한 것이자 마치 선물을 풀어보기 전 싸여 있는
포장지 같은 것이니까. 조금만 더 나를 생각하는 시간을 가
져달라는, 그런 투정 같은 거니까.

그때도 내 메일에 그냥 [Re:]을 해서 답장을 한 것이 섭섭
했다고 상대방에게 말했다. 그것에 복수라도 하듯 [Re:]
[Re:]로 메일을 보내려다 다시 제목을 붙였다고 솔직하게
썼던 것이 기억난다. 사람 냄새가 나지 않아 싫다고.
그에게서 온 메일들을 날짜별로 훑어보던 나는, 지금에서
야 알았다. 그 이후로 그는 두세 번을 제외하고는 내 메일
에 새로운 제목을 달아서 답장을 보냈다는 것을. 백여 통의
이메일 속에서 대부분의 편지가 저마다의 제목들을 달고
나란히 줄 서 있었다. 그는 나에게 최선을 다했구나.
그것을 나는 이제야 깨달았다.

# 그냥
# 주어버릴걸

아빠가 어느 날 운영하던 가게에서
한 남자아이가 감을 훔쳐 달아나기에
백 미터나 쫓아가 혼내고 감을 다시 뺏어왔는데
삼십 년이 지난 지금 문득 그 일이 생각난다고,
왜 그때 감을 그냥 주지 않았을까,
후회가 된다고 말씀하셨다.

내 마음을 가지고 도망가버린 너에게
쫓아가서 한참을 따지고 잘못을 가린 후에
뺏긴 마음을 되찾아 돌아온 적이 있다.

그때 그냥 너에게 주어버렸으면
나도 지금 후회하지 않을 텐데.
지금까지 가슴에 담아두는 일은
없었을 텐데.

# 버려지다

차가운 비가 오던 어느 날.
누군가 이사를 간 건지
짐을 정리해버린 건지
침대와 책장, 가구들
그리고 사진 액자 하나가
재활용품 처리장에 놓여 있었다.

사진 액자 속에는
턱시도를 입은 신랑과
드레스를 입은 신부가
어느 예쁜 길 입구에서 찍은
웨딩 사진이 담겨 있었다.

끝나버린 결혼.
도망치듯 버리고 간

사진 속의 그녀와 그의 미소가
차가운 비를 맞아 더욱 처연해 보였다.

내 마음에는 아직도 네 사진이 걸려 있는데.

어쩌면,
너는 이미 예전에
나와의 추억들을
저렇게, 아무렇지 않게
버렸을 수도 있다는 생각이 들었다.

액자에 담겨 있는 그 사진이
마치 네가 내다버린
내 사진이라도 되는 것 같아,
사진 속에서 웃고 있는 남자가 미워
나는 커튼을 닫아버렸다.

# 구분할 줄
## 알면

늘 왠지 모자라다고 생각했다.
모자란 것들을 세고 있으면
마음이 가난해졌고 행복마저 가난해졌다.

누군가 그랬다.
내가 진짜 원하는 것과
내가 사람들에게 보여주기 원하는 것
이 두 가지만 구분할 줄 알면
훨씬 인생이 풍요로워진다고.

내가 원하는 것 중 몇 가지를 빼보았다.
지금 이 정도면 충분하다고 생각을 바꿔보았다.
갖고 있는 것을 세었더니 생각보다 많은 것이 나에게 있었다.
행복이 내 안에 있었다.

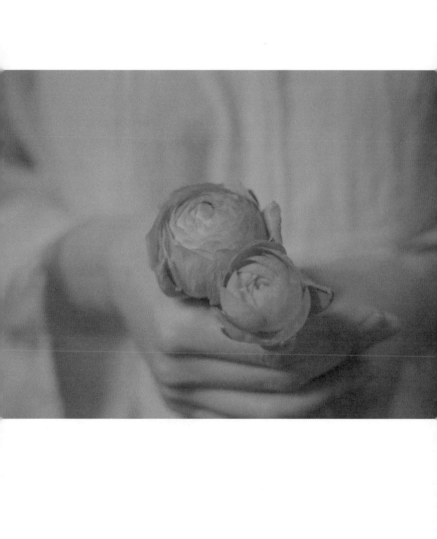

편지, 아름다운 날개를 펼쳐
날 나에게 보내는

가장 아픈 그곳에서
날개가 솟아나는 법이다.

그러니,
조금만,
참자.

# 그때의
# 나도 존중하기

내가 만든 내 모습과
타인이 만든 내 모습이 모여
지금의 내가 되었다.

어쩔 수 없었던 일도 있었지만
어쩔 수 있었던 일도 있었고
어떤 것은 타인의 선택이었지만
어떤 것은 나의 선택이었다.

지금 이대로의 나와 내 인생.
마음에 들지 않는다고 푸념하는 것은
내가 만들어온 나와 어쩔 수 없었던 나에게
비정하게 던지는 무책임한 변명에 불과하다.

홀쩍 커버린 지금의 내가 돌아보기에
그때의 나는 지금보다 당연히 어렸고,
그때는 그렇게 생각하는 게
가장 어른스러웠을 것이다.

나는 그때그때마다 최선을 다해
결정하고 선택했을 것이다.
지금 내가 이렇게 고심하는 것처럼.
나는 그때의 나도 존중하기로 선택한다.

그러니, 지금의 나는
지금의 내 모습은
최선을 다해 살아온 내 과거의 발자취.
아쉬운 게 없진 않지만
마음에 들지 않을 이유도 없다.

나를 사랑하지 않을 이유가 없다.

# 절망 속
# 희망

나는 절망의 터널에서 희망을 품기로 결정한
다. 그것은 어두운 터널에서 빠져나갈 수 있다는 희망을 갖
는다기보다는 어둠 속에서도 밝은 희망과 작은 감사를 갖
는 것이다. 어두운 터널에서 빛을 찾는 것이 아니라 어둠
속에서 할 수 있는 것을 찾는 것이다.

# 시간의
# 패치워크

당신의 어제와 나의 어제가 얽혀 있다면
그건 추억.

당신의 어제와 나의 오늘이 얽혀 있다면
그건 미련.

당신의 오늘과 나의 어제가 얽혀 있다면
그건 후회.

당신의 오늘과 나의 오늘이 얽혀 있다면
그건 사랑.

당신의 오늘과 나의 내일이 얽혀 있다면
그건 희망.

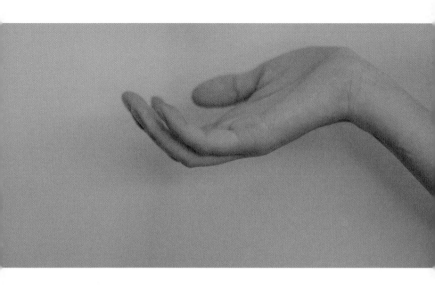

당신의 내일과 나의 내일이 얽혀 있다면
그건 행복.

당신의 내일과 나의 내일이 닮아 있다면
그건 축복.

# 먼저
# 친절하기

"삶은 왜 이렇게
나에게만 불친절할까."
친구가 물었다.

"먼저 좀 살갑게 굴어봐야 할까 봐."
아무 생각 없이 뱉은 말인데
정말 그런 것 같았다.

삶이 나에게 불친절하다고 느낄 때마다
나도 짜증내며 홀대하기를 여러 번.

여전히 우리는 서로를 긁어대고 있었다.

미운 짓만 골라하는 네 살 아이처럼
내 삶은 내 관심을 오롯이 받고 싶어

몸부림치는 것일지도 모른다.

그럴 때 필요한 것은
사랑하고 있다는 확신을 주는 것.

삶이 나에게 불친절하든 말든
나는 계속 친절하게 대하기로 한다.
언젠가 친절해지는 때도 올 테니까.

# 나는 선회 중

제주도로 휴가를 가려고 비행기를 기다리는 중이었다. 공교롭게도 수능 듣기 평가 때문에 비행기가 이착륙을 못하고 공중에서 선회 중이라고 했다. 약 이십 분간의 선회.

선회하는 비행기는 멈추거나 후진하지 않고 계속 앞으로 간다. 비행기는 방향과 각도를 바꿔 원을 그릴 뿐, 후진하는 법이 없다. 계속해서 목적지를 향해 앞으로 간다. 앞을 보고 나아간다. 그렇게 잠시 선회를 하고 비행기는 목적지에 무사히 착륙한다.

나의 삶에도 후진은 없다. 그저 앞으로 나아가거나 선회하는 것일 뿐. 선회할 때는 제자리걸음인 것 같아도 곧 목적지에 닿을 것이므로.

청춘을 지낸
선배가 하는 말

무엇을 찾아야 하는지
분명하게 알지도 못한 채
목적 없이 방황하고
아등바등 애를 쓰며
청춘을 보내고 나니,

이젠
잃어버린 청춘을 찾으려는
내가 남아 있다.

## 벽 혹은 문

벽인이 문인지 구분하는 게 중요하다. 벽이라면 마음을 접고 돌아서고, 문이라면 열릴 때까지 두드리자. 벽에 대고 두드리는 것만큼 바보 같은 일은 없고 문이라는 걸 알면서도 돌아서는 일만큼 바보 같은 일도 없으니까.

# 마음의 짐을 덜다

친한 언니가 그랬다.
완벽한 사람이 되기를 포기하면
완벽한 삶을 사는 것을 포기하면
인생이 쉬워진다고.

완벽한 사람이 되는 걸 포기해도
생각보다 막 살게 되지 않는다고.

그래도 괜찮은 인생으로 남아 있게 된다고.

# 자연스럽게

몇 년 전부터 알람을 맞춰놓고 자는 일을 멈췄다. 일찍부터 출근하지 않아도 되는 직장을 다니고 있기도 하지만, 나 자신을 시험해보고 싶어서이기도 했다. 자연스럽게 자고 일어나는 것. 졸리면 자고 눈이 떠지면 일어나는 것이 내가 나에게 하는 실험이었다.

밤 아홉 시에서 열 시 사이가 되면 졸음이 오기 시작한다. 늦게까지 해야 할 일이 있거나 정말 재미있는 TV 프로그램을 봐야 할 때 빼고는 졸리면 바로 침대에 눕는다. 그러면 일이 분 사이에 내 활동 스위치가 꺼진다. 그리고 어떤 때는 새벽이 오기 전, 어떤 때는 창 밖에 빛이 드러나기 시작할 때 잠에서 깬다. 대부분 다섯 시에서 여섯 시 사이. 해가 늦게 뜨는 겨울에는 일어나는 시간이 조금 늦어진다.

알람을 맞추지 않고 생활하기 시작했지만 이 몇 년간 한 번

도 일어나야 할 시간에 일어나지 못한 적이 없다. 무엇보다
도 할 수 있다고 믿었고, 나에게 할 수 있다고 말했다. 해가
뜨고 지는 것에 따라 움직이는 섭리에 따르는 것이 가능한
일이라고 믿었기 때문이다.

시간이 지날수록 가장 자연스러운 것이 가장 좋은 것이라
는 말을 새삼 실감한다. 서두르지 않는 것, 때를 기다리는
것, 뒤죽박죽인 것 같은 삶이지만 그 안에 내가 볼 수 없는
질서가 반드시 있다고 믿는 것.

자연스럽게 살면 나는 더 순하고 강해질 것이다.
순리는 강하기 때문이다.

# 여자의 가방

네가 그랬지. 가방 안에 뭘 그렇게 넣고 다니
느냐고. 작은 몸에 큰 가방을 메고 다니는 게 신기했을 거
야. 우산을 넣은 서류 가방밖에 갖고 다니지 않는 남자들이
볼 때는 아마 이해되지 않을 수도 있어. 여자들이 아무것도
들어 있지 않은 서류가방을 갖고 다니는 남자들을 이해할
수 없는 것처럼.

그렇다고 내가 없을 때 함부로 가방을 열거나, 내가 뒤적거
릴 때 곁눈질하지는 마. 비밀이 있어서가 아니라 가방은 아
주 사적인 공간이거든. 다른 사람이 내 가방 안을 들여다보
는 건 정리되지 않은 집에 친구들이 들이닥친 것처럼 불편
하고 가끔은 불쾌해. 다른 사람의 눈에는 무질서한 것처럼
보여도 나름 다 질서가 있고 그에 맞는 자리가 있어. 대충
구겨 넣어 글씨가 닳아진 영수증도, 혼자 빠져나와 바닥을
헤매는 립스틱도 다 그럴만한 사정이 있어서야.

여자의 가방 안에는 인생이 들어가. 만약을 대비해 이것저것 챙겨 넣은 것이 많아. 맞아. 자꾸 '만약'을 생각하게 돼. 비가 오면 어쩌나? 갑자기 두통약이 필요하면 어떡하지? 갑자기 노트북을 꺼내야 할 일이 생기면? 만약 오늘 너에게 연락이 오지 않으면? 만약 네가 나에게 실망하면? 내 가방 안은 그런 질문들에 대한 답이야.

내 가방 안에 존재하는 수많은 '만약'. 내가 만약을 걱정하지 않게 되거나 그 만약들이 별로 의미 없게 되는 날에는 가방이 가벼워질지도 모르겠어. 그 전까지 네가 그 만약들을 하나씩 가져가 주었으면 좋겠어. 내 짐이 좀 가벼워질 수 있게. 내 마음이 땅에 끌려 다니지 않게.

# 나 그대로

누군가가 이런 말을 한 적이 있다.
너무 많은 사람이 모양을 갖추고 사느라
본질을 잊고 산다고.

"냐옹!" 한 마디면 되는데,
생선을 훔치거나 높은 곳에서 뛰어내리는 것으로
고양이임을 애써 증명하려 한다는 것.
나는 그냥 나일 수 있기를.
나는 그냥 "냐옹!"이라는 한 마디로만 살 수 있기를.

나를 어디에
두고 온 걸까
© 이애경 2015

2015년 5월 15일 초판 1쇄 발행
2015년 7월 23일 초판 2쇄 발행

지은이 | 이애경
발행인 | 이원주
책임편집 | 이한아
책임마케팅 | 문무현

발행처 | (주)시공사
출판등록 | 1989년 5월 10일(제3-248호)

주소 | 서울시 서초구 사임당로 82(우편번호 137-879)
전화 | 편집(02)2046-2853 · 마케팅(02)2046-2894
팩스 | 편집(02)585-1755 · 마케팅(02)585-1755
홈페이지 | www.sigongsa.com

ISBN 978-89-527-7376-0 03810